Piero Buscemi

Il giudizio dell'acqua

ZeroBook
2022

Titolo originario: *Il giudizio dell'acqua* / di Piero Buscemi

Questo libro è stato edito da **ZeroBook**: www.zerobook.it.

Prima edizione: Dicembre 2022

ISBN 978-88-6711-232-6 press

copyright © by Piero Buscemi, 2022

Copertina: foto di Alexander Mass, & ZeroBook

Controllo qualità **ZeroBook**: se trovi un errore, segnalacelo!

Email: zerobook@girodivite.it

Prefazione

Il 1° ottobre 2009 un violentissimo nubifragio colpì la zona jonica del messinese, in Sicilia.

Una pioggia torrenziale si abbatté sui paesi affacciati sul Mar Jonio incessantemente per tutta la notte fino al mattino seguente. Straripamenti di torrenti e frane di fango e detriti invasero le case, distruggendole. Molti i centri colpiti dalla tragedia, i cui nomi monopolizzarono per mesi le cronache dei giornali e dei servizi televisivi nazionali, mettendo all'attenzione dell'opinione pubblica una zona ad alto rischio idrogeologico. Si contarono 37 morti, di cui alcuni dispersi. Furono avviate delle inchieste i cui conseguenti processi non riconobbero alcun colpevole tra i 15 imputati, come probabili responsabili dell'incuria del territorio e, quindi, del disastro.

Questo libro non si pone il compito di ricostruire o analizzare quanto è stato già riportato dagli organi di informazione. Né di dare spunto per altre discussioni o riaperture di inchieste sulle responsabilità. Piuttosto si pone l'obiettivo di ricordare quelle 37 vittime, ricostruendo le ore tragiche di quella notte, in forma romanzata e attraverso la storia incrociata del protagonista, un

uomo che da qualche anno ha l'abitudine di recarsi pres-
so la stazione ferroviaria del suo paese, ad un orario ben
definito, in attesa di un treno che custodisce un passato
nostalgico che lotta da anni nel suo animo, tra la voglia
di dimenticare e il legame strettissimo con quanto la sua
vita gli ha saputo offrire.

Una sera il protagonista viene sorpreso in un gesto infantile e vandalico, mentre con un portachiavi sta inci-
dendo il nome di una donna sulla parete di una delle sale
d'attesa. Il ferroviere fingerà di non accorgersi di quella
ingenuità e non gli rivolgerà alcuna accusa, deviando la
sua sentenza educativa verso qualche adolescente di
passaggio, probabile autore del gesto. Si avvierà un contatto, fino a quella sera ignorato e sottovalutato, tra i due
protagonisti. Uno scambio di monologhi sulle proprie
vite, arricchite da segreti da confessare ed esperienze di
vita alle quali aggrapparsi, sarà il filo conduttore del romanzo durante la narrazione. Da una parte una storia
d'amore e di riscatto giovanile, nata durante l'estate e
coltivata anno per anno, all'arrivo della bella stagione.
Dall'altra, la scelta di un uomo, costretto dalla vita a diventare un ferroviere, che ha raccolto esperienze. La sua
e quella delle migliaia di persone incontrate in tanti anni
di servizio.

Quella stessa sera, il treno tanto atteso dal protagonista, su conferma del ferroviere, ritarderà il suo arrivo costringendoli a trascorrere diverse ore a parlare. In quelle ore di trepidazione e confidenze che, in pochissimo tempo, li legheranno in una improbabile, fino a quel momento, amicizia, una pioggia battente comincerà a scendere dal cielo. Sempre più incessante e violenta, fino all'arrivo di alcuni addetti al soccorso, che annunceranno la notizia della tragedia, causata dal nubifragio. La rivelazione coinvolgerà i due protagonisti in una condivisione di solidarietà e speranza, nel tentativo di prestare soccorso ai superstiti della valanga di fango.

Il giudizio dell'acqua

1

Non uccidere il sogno se non hai trovato il posto dove custodirlo. Fa freddo stasera. Più di quanto potessi immaginare uscendo di casa. Mi ripeto questa ossessione per scaldarmi la coscienza. Ieri sera c'era meno vento. Anche dentro di me. Forse avrei dovuto restare a casa, stendermi sul divano, immergermi dentro le cuffie e aspettare che il graffio della puntina mi ricompensasse con melodie d'abbandono. In cambio, ciò che è rimasto di nostalgia scomputa. E invece sono qui. A ripetermi a mente un comando a cui non riesco a credere più.

Non uccidere il sogno. Ma il posto dove custodirlo, forse, l'ho trovato da tempo. Volgo lo sguardo verso il semaforo rosso. Stasera vuole farsi beffa di me. Ci manca solo che il treno si fermi. Non oso pensarlo. Non voglio che accada. Sarebbe come un passato che torna a saldare il suo credito. Mi troverebbe impreparato, dietro ricordi impolverati deposti in gallerie senza uscita.

Rinuncio al pensiero. Per un attimo m'illudo di dominare l'istinto. Riprendo la mia vita, lasciata da tempo a nutrirsi di giorni e rimpianti. Ma il dubbio rimane. La luce rossa in fondo al rettilineo mi indica che stasera si ferma. Un ferroviere esce dal caldo della sua noia serale. Sento una musichetta da quiz televisivo invadere il vento, dietro la porta a vetri spalancata. L'uomo mi sfiora, attraversando il binario. Anche stasera qui. Sembra dirmi con un fastidio distaccato. Evito di guardarlo negli occhi provando a nascondere il mio senso di colpa. Poi scivolo dentro la prima sala d'attesa. È una vecchia prima classe. Una nostalgica sala d'attesa, un tempo simbolo di riscatto sociale. Mi fermo a guardare per un attimo le foto alle pareti. Ritratti di convogli futuristici a dimezzare i distacchi. Ma ho fermato il tempo già troppe volte. Più di quegli scatti in movenza frenata, a rilanciare un messaggio di fuga mai giunto a destinazione.

C'è anche la tabella degli orari. Condivisa in estate con turisti smarriti nelle emozioni. Conosco quegli orari a memoria. Me li ripasso ogni sera per rinviare un disagio. Sfrutto il vantaggio di una follia da non comprendere. Trascinata da trent'anni da uno stridere di freni d'emergenza, mai del tutto tirati. Un unico treno che so riconoscere. Il fumo delle mie rinunce a rivestire l'arredamento. E quei lineamenti, volutamente confusi, un volto che custodisce ancora un'esistenza alternativa. Concentro il pensiero su quel treno in ritardo all'appuntamento che ho sempre rinviato e scivolo indolente dentro un'occasione di vita mancata che, impietosa, indugia a tornare.

Scruto la parete della sala cercando risposte dove non potrò mai trovarne. C'è odore di sintetico che traspira dai muri, come i miei ricordi, accantonati in un buio racchiuso in una strana paura di vivere. Mi volto di scatto cercando l'ombra del mio rancore, ma solo uno zaffo di freddo cigola la porta dimenticata aperta alle mie spalle. C'è un vuoto oltre il mio futuro che non ho più voglia di contemplare. Ci saranno altre sere, non troppo uguali a questa che sto provando a rendere preziosa, ma temo i risvolti di una storia che non so più raccontare. Anelo il fantasma del mio rimpianto che mi guida qui tutte le sere. Ho lasciato altre sale spalancate a quel sogno mal custodito e aspetto il fischio che squarcerà la notte, oltre alla mia rassegnazione.

Indugio con un portachiavi racchiuso nella mia mano. Modello la sagoma a mente a riconoscergli un'altra possibilità di utilizzo. Ci saranno altre sere a riesumare antiche spudoratezze, segnate nell'età dei tentennamenti. Forse più stanco da pensieri discordanti, cercherò un alibi alla mia apatia. Ma stasera vorrei spezzare l'indolenza del mio passato. Scacciare le remore che ronzano attorno al mio sguardo. E bramo una presenza di rimprovero che mi dia il pretesto di un nuovo rinvio. Provo a scorgerne la sagoma, specchiata nel mio riposo tremante, ma sento un'assenza alle mie spalle che mi nega un conforto. E il metallo si sagoma tra le mie dita. Accende l'impeto che ambirei soffocare. Come un istinto da assecondare, sollevo l'arto emulando un atto di illegalità. Poi la mano scorre senza comando, su quella parete offesa da un'infanzia crollata. Ed il suo nome prende forma a sancire una devozione ad una ragione di vita, dentro uno stupido stampatello.

E vorrei che il ferroviere fermasse la mano impudente a scalfire la monotonia cromatica di quella sala d'aspetto. Ma evaso da repulsioni di rispetto, il pugno salda il contatto con quel portachiavi, riciclato in fendente oltraggioso, a delineare il contorno della mia pazzia. E incide, scalfisce, ferisce. L'intonaco cede all'impudica aggressione e le lettere storpiano quella realtà di dubbie memorie. Mi scosto di qualche passo ad osservare il misfatto da un'angolazione di coscienza. E non mi avvedo della sagoma perplessa di quel servitore annoiato da quell'inutile attendere. Troppo freddo per chiamarlo dovere.

"Hanno chiamato. Il collega della stazione accanto. Dice che il treno tarderà".

È la prima volta che il ferroviere mi rivolge la parola. È un suono strano. Una voce incisa nella noia. Rimango a fingere di osservare la parete. Quel nome mi aiuta a staccarmi da una colpa che ho già rinnegato.

"Sono i ragazzini. Ci vengono la notte ad ammazzare le infanzie. Non sono cattivi. Sono solo stanchi" – il ferroviere mi ha già assolto senza aspettare la mia confessione.

Mi riconosce l'età che non ammette altre follie.

"Si, sono stanchi. Stanchi di vivere. Succede anche a me. Ogni tanto. Quando passano i giorni senza vedere nessuno." – stasera ha proprio voglia di parlare.

Lo fa come volesse scalfire un indugio. Ma so che mi ha visto. Forse non tutte le sere. Ma questa non può essere davvero la prima volta. Lo percepisco dalla pazienza nelle sue parole. Dal suo tono di complicità alla mia solitudine. Provo a scacciarlo dal mio incubo attempato, ma prosegue a rispettare un dovere.

"Non si meravigli di questo graffito sul muro. Lo facevamo anche noi un tempo. Magari su un tronco di albero. A volte, io lo incidevo su mezza mela, prima di regalarla alle onde." – aspetta titubante una mia risposta di conferma. Ma tarda ad arrivare.

Provo a soffermarmi sulle sue parole, come a cercare la replica migliore che lo possa zittire e lasciarmi al mio oblio. Ma una crisi da eremo dipendente al suo turno di notte lo ha invaso più della mia tracotante voglia di esilio. Fingo di non aver sentito la sua ultima massima educativa, ma non faccio in tempo a rinviare un confronto che il ferroviere prosegue il suo triste monologo.

"Forse dovremmo essere meno tolleranti. Punirli vestendoci da detentori dell'ordine e dispensare lezioni di civiltà con la durezza necessaria" – ha un tono di voce erudito, penso non abbia mai avuto ambizioni da ferroviere, ma neanche da poliziotto riciclato.

"È che potrebbero essere nostri figli. Quelli che lasciamo a casa, convinti di ritrovarceli sempre dopo un turno di lavoro".

Credo che mi toccherà starlo a sentire per un po' questa sera. Neanche la mia silente apatia è riuscita a farlo desistere. Ho la sensazione che abbia aspettato da sempre questo momento ed ora, non rinuncerà facilmente a questo contatto. Soffoco ancora una risposta che, forse, la mia mente non riesce neanche a formulare. Sono rimasto fermo davanti alla parete seviziata, tutto il tempo delle sue parole. Il corpo immobile ha evitato uno sguardo diretto ma, di questo, quell'uomo non si è curato. Penso che dovrò girarmi come un dovere di educazione. Aspetto che lui riprenda il discorso prima di accennare qualsiasi movimento, ma un alito fantasma mi colpisce alla schiena. Un sottile cigolio dietro il mio tentennamento e volgendo la testa a cercarne la fonte, mi ritrovo

ancora solo, senza preavviso. Ho appena il tempo per ricacciarmi nel mio passato, brivido di nostalgia che rasenta il masochismo, che il fascio di luce della sua torcia
torna ad invadere la mia vita.

"Mi hanno chiamato con il cercapersone" – quell'invadenza ha conquistato la mia notte.

È come trascinarmi il carceriere complice della mia
fuga. Quello che non mi chiede ricompense perché sa
che mi sentirò sempre in debito. Non conosco la ricompensa che potrebbe saziare il creditore. Né posso preve-
dere quando verrà a pretendere il dovuto. Il passato si
unisce alla logorrea del ferroviere per raddoppiare gli in-
teressi di un debito che non so saldare. Mi annoiano le
sue pause. È un lusso che sento non potrò permettermi a
lungo. Saprei riconoscere il tono della voce tra lo stridere di fughe senza commenti. Posso lasciarmi andare in
un ruolo di confessore per colui che crede ancora in un
contatto umano. Aspetto che mi riconsegni un diritto di
parola. Potrei provare a levigare i pensieri su quei muri
increspati, che custodiscono frammenti confusi del mio
delirio senza scadenze. Mentre quell'uomo mi sbarra il
suo sguardo nel buio di uno sfogo insoddisfatto che non
trova alcuna corrispondenza. Potrei dargli un cenno di
approvazione, ogni tanto, quando sentissi i suoi occhi
insistenti sulle mie risposte mancate. Piegare la testa

con piccoli tic di falsa solidarietà e, allo stesso tempo, lasciare allentata la mia mente a smarrirsi, ancora una volta, in silenti autocommiserazioni. Ripercorrere a memoria le rotondità di un volto, ho bisogno di ricordare, tra cimeli anneriti da impervie angolazioni che preferisco aggirare.

"E potremo continuare a vivere, illudendoci ancora, che una donna possa essere nata da una costola, rifiutando di ammettere che quella donna possa avere assemblato le altre undici nel tentativo di soffiare sensibilità e originare l'uomo. Fallendo, rinunciando ad altri inutili sforzi" – il ferroviere non mi da il tempo di pensare ad una contromossa, che ha già stretto un altro po' l'alzaia del mio nuovo naufragio.

"Continuare a contarle all'infinito, cercando quella mancante, come un oltraggio che non chiede perdono. Come un furto che pretende sottomissioni".

"Perché io lo so che aliti malinconia da senzatetto per una donna".

Adesso sta già provando a riscrivere la mia vita. La trama stracciata da critica aggressiva e un abito da scena che ha deciso di farmi indossare. Non lo contrasto. Non ne ho neanche la forza. Ma ho creduto veramente di poter glissare le sue monotonie, scavando nel mio passato con artigli spuntati. L'aria gelida che invade la sala, strisciando sotto la porta, ghiaccia qualsiasi apatica reazione. Mi infastidisce, non riesco a fingere lo sgomento, quella traccia di confidenzialità imposta da filosofo mancato che sonda il terreno da seminare con sagge sentenze e, che è ancora, la mia vita. Un lei sfacciato da un tu che accampa pretese. Complicità che ricaccio al mittente. Almeno ci provo. Non mi sono voltato neanche stavolta. Né una speranza che lo facessi durante quel monologo a due. Sono tentato a incrociare i suoi lati oscuri, che centellina porgendomi le sue invadenti domande. Resisto, nascosto dietro un angolo visivo che seda la curiosità. Poi un altro cigolio improvviso. Un nuovo fruscio a gelare i ricordi. Sarò costretto a guardare oltre quel distacco diventato troppo confidenziale. Non tarderà a tornare, cosciente di aver sfondato una porta tagliafuoco senza l'obbligo di dimostrare un inutile segno di coraggio. Riprenderà il discorso, come un diritto da rivendicare per avermi concesso di rimanere qui. Un rifugio preso in affitto che ha raccolto la monotonia e si è impregnato di un odore vigliacco, di chi scaccia l'evidenza in cambio di un sogno da trascinarsi nel tempo. Cosa saprò rispondere, se il ferroviere dovesse raschiare la memoria da tempo messa a tacere?

Rimpiango le sere accumulate nei cigolii del vecchio cancello d'accesso, oltraggiato da visite occasionali che nascondevano amori puerili, nascosti sotto sfiorite fronde a frusciare attimi di crescite forzate che rimanevo a spiare durante notti estive raffreddate dai miei giorni da sotterrare. Mi nascondevo sollecitando, come se fosse possibile farlo con la telepatia, le ingenue resistenze delle ragazzine alle esplosioni ormonali di sbarbati dongiovanni di fine stagione. Le invitavo mentalmente a non cedere alle effusioni tremanti, insicure, sincere. Sillabavo un impudente "resisti", come a difendere la reputazione di centinaia di sorelle che si mostravano vulnerabili e sole. Nascosto dal buio di un falso pudore, ripercorrevo negli anni ruoli respinti da un obbligo di fedeltà a storie platoniche con le quali condividevo sogni erranti da custodire negli occhi chiusi della notte. Un giorno non ci sarà più neanche la voglia di ricordarle. Come se si potesse decidere di poterne fare a meno. Guardare capitoli di vita disposti disordinatamente in uno scaffale tarlato, aspettando ferrovieri invadenti a trascinarci nel nostro passato sommesso. Improvvisamente un vapore profumato invade il freddo di questa sala. È caldo e zuccherato.

"Ti piace il tè?"

So che non è una domanda, perché non attende risposta. La confidenzialità del ferroviere inebria l'aria viziata della stanza, più di quel contatto caldo con la tazza fumante che invita la mia mano. "Qui ci s'arrangia."

Mi rende complice di un'arte di sopravvivenza, alibi di un destino condiviso di apparenti privazioni. "Una volta era diverso." Continua con un tono rassicurante di mesta nostalgia.

"Sentivi le voci dei bambini che qui ci venivano a giocare. Anche allora preparavo il tè. Non era per quegli orfani di un'infanzia strappata. Era per nascondere le lacrime delle madri. Bevi." Mi invita a soffocare la mia apatia, che ha truccato in timidezza.

"Quando si fredda, l'aroma si disperde e allora, è come bere orzo filtrato male" – alza gli occhi per verificare se ho apprezzato la metafora.

Tocco il manico della tazza ancora caldo e avvicino quella nebbia ciondolante.

"Lo senti l'odore del drago nero? Me lo porta un mio amico cinese al ritorno di ogni suo viaggio. Mi ha detto che viene dalle piantagioni di suo padre. Ma che importanza ha se è vero? Me lo porta in scatole di latta decorate. C'è un po' della sua vita disegnata su quel metallo. Anche quella che sogna di vivere."

Pronuncia quelle parole con tono autobiografico. Un viaggio che forse avrebbe intrapreso, dimenticando di prenotare il ritorno. C'è sempre una partenza mancata che aspetteremo per sempre. Sembra voglia offrimi un tocco di saggezza che s'intoni all'inebrio di foglie essiccate.

"Le madri lo facevano freddare. Tra un rimpianto e una carezza di mani ad asciugare le lacrime."

Prosegue il racconto, mentre le luci della stazione gli colorano i ricordi. Soffio lentamente a soffocare un'emozione, mentre il palato cede alla fatica *mandarina* da guardare con sospetto nei ristoranti occidentalizzati.

"Si, le madri ci venivano solo per piangere." Si volta ad auscultare rumori di un dovere che vorrebbe disertare più spesso.

"Le vedevo apparire dai bui invernali, dentro cappotti ad occultare la donna. A volte con foulard a riscaldare le cicatrici di un recente passato di femmina votato ad un ruolo di madre. Dentro quei loro scafandri, restavano in piedi accanto alla porta a giustificare quei minuti di umana clandestinità. I colleghi accompagnavano i figli davanti a favole in bianco e nero che vecchie tv mettevano a fuoco con fatica. Aspettavo il primo singhiozzo. Le mani veloci a raccogliere il dolore. Poi la testa piegata dietro un pudore e un ciuffo di capelli sfuggito ai foulard. Me le faceva amare." Si volta a guardare il buio del vetro appannato, come ad accoglierne una nuova.

"Raccoglievo le loro storie. Le custodivo. Le avvolgevo di silenzio. Le facevo mie. Quante volte avrei voluto cullarle, facendole tornare figlie. Toccare quelli mani da trasformare in carezze. Bere quella linfa salata che non sapevo arginare. Erano segni di uomini amati e rinnegati. Erano serate danzanti da confidarsi nel sonno. Erano piccole braccia a custodire illusioni. Si, le ho amate quelle donne. Sole. Le ho amate in silenzio assorbendo la loro vita. Ho amato le madri che c'erano in loro. Sotto quei foulard. Avvolte in quei stanchi cappotti che nascondevano le nostalgie e le violenze distratte dei loro uomini. Le avrei protette per sempre. Dentro queste sale d'attesa. Sarei rimasto ad ascoltare la loro voglia di rinascita. Le avrei accompagnate su convogli di libertà scalfendo quel rancore che ha ucciso negli anni la loro femminilità." - Una breve pausa di silenzio, quasi a riprendere fiato.

"Chi è stata la donna che ti ha reso schiavo di una stazione?"

2

La domanda era dovuta. Una premessa da uomo vissuto e pronto ad ogni utile consiglio chiamava una logica conseguenza. Immagino sappia già la risposta. Più di quanto la sua saggia curiosità lo invita a desistere a formularla. Stavolta mi giro. Sostengo una provocazione che merita uno sguardo severo. Non riesco ad eludere questa strana sintonia confidenziale. Volgo lo sguardo verso la mia parete imbrattata, come un allievo che elemosina al silenzio una stentata sufficienza. Il mio precettore ripercorre la strada segnata dal tempo.

"Chi è quel nome mozzato dal pudore che ci guarda da quel muro?" - Me lo chiede con tono di flagranza.

Sono disposto a confessare, ma mi perdonerebbe un atto vandalico per un frammento della mia vita. Dovrei trovare più coraggio. Di più oltre me stesso. Spurgare un'amarezza che sa di rassegnazione. Ho percorso sentieri meno asimmetrici di quei gemelli ferrati che hanno custodito il mio passato in tutti questi anni. Il ferroviere annusa il mio silente disagio.

"Provo a sentire i colleghi. Stasera il treno vuole fermarsi. Forse per sempre." - Mi dice spalancando, ancora una volta, quel cigolio di distrazione.

Ritorno a specchiarmi sul quel nome che oltraggia. Solo tre lettere hanno confessato un segreto. Le altre attendono ancora che evidenzi con il portachiavi un comune destino. Non ho avuto il tempo, la prima volta che quest'uomo ha invaso gli anni da dimenticare. Sembra una parola che muore in dissolvenza, in attesa di un'altra scena rivelatrice che nessuno vedrà mai. Da cosa dovrei cominciare? Provo a chiedermelo, senza pretesa di risposta.

"La scelta è tua. Come la vita." - Il ferroviere ha letto un disagio e prova ad addolcire una fuga. Una notte strana stasera. Un treno senza troppa voglia di destinazione. Le sue parole sono un sostegno alla mia ritrosia. Lo comprendo. È quasi amichevole. Come un fraterno sodalizio ereditato da una madre. Non sono donna abbastanza per sciogliere le lacrime nelle parole. Le sue donne offese cedevano a quella accoglienza, ha provato a farmi capire donandomi la sua nostalgia. Non ho figli da proteggere, né arroganze da giustificare. Stavolta non interrompe i miei pensieri. Si riserva la possibilità per un indugio futuro.

Potrei cominciare da una diserzione ventenne. Da tracce a macchiare soffitti che chiedevano solidarietà. Descrivere una notte di sonni interrotti. Catturare rumori impercettibili, da leggere con la fantasia e la paura. Una chiave alla toppa, simbolo di falsa sicurezza. Dietro, un carnefice stanco di giocare con i suoi topi.

"Chi era quel felino annoiato? I tuoi racconti sono strozzati a metà. Come i nomi che incidi sui muri. Mezze falsità che nascondono mezze verità." - Sono più che giudizi, i suoi.

Parla da uomo che ha già sentenziato. Prende delle pause in attesa di essere smentito. Non potrei farlo, non rinnegando me stesso.

"Troppa enigmistica nelle tue favole. Rendile vere, se hai voglia di comunicare." - Rimane in attesa di una imprevista reazione.

Avevo venti anni quando ho visto i segni del dominio sul corpo di mia madre. Stavo seduto davanti a un libro, che avrei dovuto scrivere da tempo. Una scrivania reggeva le mie insicurezze e raccoglieva i riposi. Tatuaggi di violenza ornavano le braccia di mia madre. Due giorni dopo dormivamo dentro un letto rifatto di un motel. Odori nuovi conquistavano gli occhi chiusi, adagiati sulla quiete ritrovata. Da turista in esilio guardavo il viola arrampicato su quegli arti inermi. Inutilmente provavo a riconoscere mio padre, a immagine e somiglianza di un semplice uomo.

"Non lo avete mai denunciato?" - Il ferroviere è risolutivo, matematica che trova riscontro in una prova del nove. Non importa se imperfetta. Consola e pretende giustizia.

È come portare al mattatoio il proprio corpo. Un istinto di sopravvivenza ti blocca l'ultimo passo che varca un oltraggio. Aspetti che il tempo plachi gli istinti e la tua voglia di vendetta. È come fingere di rinnegarsi. Un passato che non cancellerai mai del tutto. Un presente che temi di non vivere. Un futuro che ti allontana dal mondo. Lo guardavo tra i suoi nervi contratti a cercare paure che si specchiassero nelle mie. Restavo immobile davanti all'arroganza che si finge umana, mentre gli altri aspettavano che spalancassi la porta. Il giorno che l'ho fatto, ho dimenticato il perché. E poi c'è l'età che ti viene incontro, come l'alibi degli eterni rinvii. Costretto a pensare nei momenti che ricordi di aver isolato dal mondo. Gli sguardi dei tuoi compagni t'interrogano, come i tuoi occhi in questo momento. La bocca si taccia e l'omertà di una fuga ti concede un altro rimando. Il ferroviere mi guarda distratto. Finge di dedicare attenzione ad un altro richiamo al dovere, ma nessuno disturba i nostri monologhi. C'erano le campane che martellavano gli istanti. Le sentivo da lontano mentre disteso sull'umidità, attendevo che la spiaggia estiva custodisse le mie pagine da cancellare. La luna, vinile vergine a incidere le vite che decidevo di vivere, strappava la scena a quel buio notturno, disturbato dalle luci invasive di un aeroporto. Erano le mie nottate. Quelle che non condividevo con nessuno. Sentivo schiamazzi morsi dal vento che increspava quel mare in cerca di pace. Molto più di me. Ho saputo fermarmi a giustificare i dolori del mondo, sotterrando i miei. E ogni tanto, qualcuno correva vicino sfiorandomi i capelli con passi leggeri. La penombra mi regalava i loro sorrisi che non ho saputo raccogliere. Poi tornava il silenzio e l'ultimo aereo si andava a riposare sulla pista di Reggio Calabria.

"Tu dipingi con le parole, ma salti le domande che non gradisci." - È quasi un rimprovero che il ferroviere mi lancia senza attendere una risposta.

"Ci sono attimi che ci si può smarrire nei tuoi racconti. Culli i ricordi racchiudendo il passato di chi rimane ad ascoltarti." Non riesco a replicare. Non voglio.

"Rimane un vuoto dentro le tue storie. Un vuoto che sa di incompiuto. Che non si riesce a immaginare. Sei solo.

Non c'è dubbio. Lo sei da sempre. Ma è una scelta, senza ripensamenti."

Vorrei sentire l'istinto di abbracciare quest'uomo che non so replicare. Lasciare un sottile spiraglio che sa di comprensione. Vorrei che fossi io ad ascoltare una nuova versione dei miei anni raccolti da una cinta elastica, che finirà per rompersi. Era verde, quella che stringeva il diritto con la tecnica bancaria. Sulla scrivania grattata dalla rabbia dei precettori che si alternavano nelle ore di quei mattini annoiati, registravamo le assenze elettive da raccontare alle generazioni future. Poi erano salite liberty nella villa comunale di Taormina, addolcivo quelle nottate sulla spiaggia, durante le estati condite di innocenti sorrisi.

Spariamo? Oltraggio di regole tramandate nelle aule scolastiche. Spesso le stesse che rosicchiarono il fondo dei pantaloni delle generazioni precedenti. Anche quel verbo sicilianizzato sapeva di reato da incensurato. Ricordavamo gli scambi culturali con i coetanei del nord. Quelli che a marinare, preferivano bigiare. Spariamo. Come se potessimo davvero puntare la nostra incoscienza contro leggi erudite, imposte dalla tradizione. E noi sparavamo. Contro le aggressioni di casa, lasciate dietro una porta cigolante, colonna sonora di una fuga. Una mattina raccogliemmo un portafoglio, offeso dalla pioggia. Io e un compagno di fuga, su quel sentiero in miniatura che costeggia palazzi in miniatura, dentro quel parco di sogni in miniatura, lasciato al silenzio di stagione intermedia in miniatura, quando i turisti hanno già lasciato l'odore di società alternative che non comprendevamo, dentro le nostre stanze ingigantite dal silenzio invernale. Era adagiato per terra. Chiuso come un segreto. Un istante e il piede a nascondere quel furto assecondato. C'erano tre banconote da dieci. Trentamila lire. Taormina. La villa comunale stile liberty. Un sole arrampicato sulle saracinesche. Chiuse per ferie. Ci riscoprimmo bambini, come non mai. Spezzammo l'integrità della prima banconota dietro un'attesa sciolta in un cono da passeggio. Le altre due ce le dividemmo, ignoranza ingenua di un consumismo che non ci apparteneva. Rimasero custodite dentro la tasca di un jeans, per settimane. La diecimila spezzata fu consumata a colpi di stecca contro la lucidità di tre biglie da biliardo. Un modo stupido per sparare a una giornata di scuola.

No. Non abbiamo mai denunciato chi ha sparato contro la mia vita.

3

Ci ho pensato, però. Più di quanto la certezza delle tue parole sembra giudicarmi. Mi ha catturato. Un amo ben celato da una bonaria arroganza. Ho cominciato a usare anch'io il tu, come davanti alla coscienza, che adesso, pretende il resto della storia. Ci ho pensato, quando mi rinchiudevo nella mia stanza. La sera, a graffiare un silenzio notturno mai del tutto assopito. Ascoltavo i passi furtivi che aggredivano le scale al di là della porta. Avrei clonato le orme lasciate sui gradini, a nascondere rientri furtivi. Ci ho pensato, quando aprivo gli occhi in cerca di sagome che lentamente si ricomponevano. Più nella mia testa che nel dominio del buio. Ci ho pensato, quando tastavo i ricordi in una cernita di lontani sorrisi. Ho atteso per anni i tempi che sarebbero dovuti mutare. Come copioni stracciati e riscritti, in nome di un coatto lieto fine. Mi aiutava la fantasia. Quella delle foto scolastiche. Adagiate sul comodino, mi riflettevano gli sguardi delle compagne di scuola che avrei amato per sempre. Raccoglievo le vite, balbettando su autobus dei ritorni a casa. Materie studiate a memoria. Alibi di un disagio, troppe volte esternavano un pudore. Discorsi spezzati dal soffio insistente di una bussola che non osava rinviare la prossima fermata. Un saluto fugace. Poi la mia vita riprendeva la corsa. Guidata, ancora una volta, da un altro autista distratto. Ci pensavo, fino a quando il calore del sole tornava a specchiarsi sulla parete di fronte. Spalancavo la porta scacciando un letargo che proteggeva i miei umori. La voce di bimba, cresciuta troppo in fretta, spezzava il gelo della mia apatia. In quei giorni, quelle tre lettere incise sul muro prendevano vita, trascinandomi verso una nuova pagina. Ancora da scrivere.

Il ferroviere si è voltato a guardare la parete saccheggiata. Forse ha già in mente la sequenza delle lettere mancanti. Stavolta soffoca la curiosità, liberando l'immaginazione. Su quel nome spezzato. Su un volto di donna che ha spalancato un incubo, chiamandolo domani. Non osa deporre una domanda diretta. È tentato. Più di quanto le sue dita sul cercapersone lascino svelare. Perché le storie bisogna ascoltarle. Fingendo di rubarle. Non una parola che addolcisse gli stati d'animo di una voglia di crescere che scacciava pensieri puerili. Riprendo il racconto, come staccato da una realtà che non mi appartiene. Sentivo la sua risata addolcire le rampe di scala, vuote da troppo tempo, planare fino alla porta di casa. Mi mostrava le sue arti acrobatiche, improvvisando esercizi ginnici. Altre risate che screpolavano i muri ovattati da stupidi inverni tristi. Ruote su due mani arrossate dall'impresa. A testa in giù in un veloce gesto di elasticità, ricambiavo quel sorriso infantile, mentre due piccoli seni si scoprivano da quella maglietta di censura contro i miei infantili cattivi pensieri. Poi mi prendeva la mano. Ed era spiaggia accecante. E sudore. Ed acqua di mare. E poi ancora piccole mani che si stringono. Bastava questo per sedare vendette mai del tutto meditate. Dentro una schiuma salata, custodivo il sogno di una vita normale. Attraverso il suo sguardo, non più bambino, io, lei, le sue sghignazzate che spazzavano le ultime nuvole bianche dei miei grigi inverni, la mia mano insicura che scrutava la sabbia ad incrociare la sua, cercando in quegli occhi verdi solide certezze.

Il ferroviere mi guarda curioso. "Non sono riuscito a interromperti" - mi dice, quasi sorridendo - "Adesso potrei continuare a ascoltarti, cercando rifugio nei tuoi frammenti nostalgici e credere di averli vissuti al posto tuo." Le sue parole si speziano di condivisione, ma la mia mente vaga attraverso la porta in cerca di un motivo che rinvii la narrazione. Uno strano silenzio ci avvolge per un attimo. Nella penombra incrocia i miei pensieri, intuendo la mia voglia di capovolgere il vinile e di aspettare il fruscio di una nuova traccia. Sarei disposto a regalargli un solco dove nascondere i ricordi. Accetterei il suo invito a mescolare le carte di una storia che non è mai stata solo mia. Mi aggrappo ancora una volta a quelle lettere spezzate, che anche lui adesso osserva con rispetto. Ogni incisione su quel muro potrebbe smascherarmi senza attenuanti, ma preferisco graffiare quella spirale di nostalgie che credo di poter ancora custodire. Eppure quelle lettere furono anche basi di salvezza, dalle quali decollare verso progetti di riscatto da giorni che rinnegai inappagato, ambizioso scrutatore di un animo umano che non mi apparteneva. Ci rifugiavamo, la sera, dietro barche inumidite dal silenzio mentre pudiche onde soffocavano schiamazzi notturni fuori stagione. Sentivo l'odore del biondo cenere che smorzava le mie parole. Vagavamo in storie di fantascienza che leggevo sui settimanali di quegli anni, dove l'umanità cercava conforto in un nuovo destino scritto da alieni annoiati dai loro marti incontaminati. Ridisegnavo trame di cronache che raccattavo su quelle riviste scandalistiche, travestite da opuscoli scientifici. Le rimodellavo in un'acerba fantasia che sapesse, almeno in parte, nascondere la mia paura. Quel contatto, la sua testa appoggiata alla mia, riusciva a creare le luci di una fuga interstellare.

Mi ascoltava in silenzio. Lo stesso che mi osserva in silhouette dallo sfondo di una coppia di binari abbandonati di questa stazione. Dovevo prestare attenzione alle favole già raccontate. "Ma questa, l'hai raccontata l'anno scorso". Me lo faceva notare senza rimprovero, ma disposta a riascoltarla arricchita di nuovi capitoli. Erano gli anni degli avvistamenti, quando si giudicava la propria vita sognando che qualche essere alieno venisse a renderla migliore. Da lontane cognizioni di un presente nascosto dietro un passato più evoluto, disegnato in meteoriti abbandonati nei deserti, qualcuno neanche ben identificato sarebbe dovuto apparire a svelarci il segreto millenario della nostra stolta presunzione. La cercavamo, quella verità che rinnegavamo ad ogni cambio di stagione. Quel presente, ingentilito da un contatto che si ripeteva tutti gli anni, lo assaporavo con la paura di un palloncino sfuggito alle delusioni di un bambino. Mi ascoltava, fissando un orizzonte di lucciole da giorno del contatto. Pescatori in gozzi di legno rosicchiati dalla stanchezza, ridisegnavano la fantasia arrugginita dentro quei dischi volanti in ritardo ad un appuntamento con l'adolescenza. Provavo a collegare quelle lampare timide, quasi a comporre un volto che temevo di dimenticare negli opachi inverni di una stanza. E raccontavo. Tutto quello che una modesta mente in pulsazione potesse ricomporre. Pezzetti di storie che avrei voluto vivere. Libri adagiati sotto guanciali freddi, in attesa di un assopimento consolatore. Esternazioni verbali in gruppi di coetanei, seduti a raccolta a bruciare la notte delle nostalgie, quando le fantasie soffocavano i ricordi che con il passare dei mesi si rassegnavano affievoliti. Ricompattavo quella macedonia di pensieri sciolti. Volevo sorprenderla e concedermi una via di fuga dalla monotonia. Mi ascoltava, abbandonando la solitudine su un arenile inumidito da fatica ribellata alle stagioni di turisti occasionali. In quei tre mesi d'estate, strappava l'agonia di una città cullata da una folle frenesia. Me ne parlava come il migliore dei mondi possibili, dove perdersi tra le sviste della gente, pronta a catturare qualsiasi momento di decollo di cinture spiegate, verso quegli spazi interstellari che le sue ripartenze dissolvevano in spruzzi di mareggiate.

Avrei seguito, già allora, quel sogno svegliato. Nascosto nei viaggi di ritorno di lacrime emigranti che tornavano in quelle città del nord, dove convincersi di poter toccare quella vita migliore. Raccontata nei ricordi spezzettati di cantastorie familiari, dai quali essersi illusi aver ereditato strade spianate. Meno fumogene di leggende metropolitane alla Totò. Più solitarie di una notte stellata a contare emozioni cadenti da abbracciare nelle stanze invernali.

"È come se le vite, alla fine, si assomigliassero tutte." - Il ferroviere tenta di aprire un nuovo capitolo, quasi temendo che ho voglia di chiudere qui un racconto interrotto.

Intuisce la mia poca ispirazione ad accelerare gli eventi. Non so contraddirlo, né ostacolarlo, in questo suo ruolo di ricettatore di stupidi rimpianti che mi inchiodano in questa penombra di luci intermittenti al silenzio.

"Sto provando, da qualche minuto, senza un desiderio apparente da appagare, a ripensare ai tuoi giorni centellinati confrontandoli con i miei." - Adesso è più diretto, più di quanto la mia sensazione di invadenza sia riuscita a percepire.

"Sento il contatto di un terreno calpestato più volte e sono sicuro di riuscire a interpretare le tue orme, se ci presto più attenzione." - Continua con questo tono fraterno, a collimare due destini che infrangerei con un consumato colpo di spugna. Sono dentro a questi binari più di quanto mi illuda di potere sfuggire.

"Non c'è mai un motivo così definibile da far sbarrare lo sguardo, davanti a storie che si crede di poter vivere con l'esperienza. Neanche quelle del passato, che si ripercorrono con sufficiente rammarico, provando a aggiungere aggettivi dimenticati ed a renderle più vere. È solo una traccia in più che, dentro di noi lo sappiamo, non vorremmo neanche riscrivere. Ci basterebbe riemergerci, non ha importanza se dotati di qualche capello bianco in più da mostrare. Ci basterebbe riprovare sobbalzi di umore incontrollato, confondendoli ancora una volta con le emozioni. Ci basterebbe avere un'altra occasione. Per commettere gli stessi errori."

Adesso rimarrei ad ascoltarlo con un mutismo di rispetto, maggiore di quello che ha saputo riconoscermi quando ero io ad ergermi a cantastorie. Sa vendere bene il suo bagaglio disfatto e non concede mercanteggiamenti. Anelo per un attimo il fianco che custodisce il cercapersone, che ho invocato di recente ad ancora di salvezza. Ma rimane freddo come lo spiffero, sempre più insistente, che taglia i pensieri da sotto la porta. Ci andai a Milano. Lo interrompo per non soccombere. Perché le vite degli altri spesso oscurano le nostre, che pensavamo brillanti. Ci andai per assecondare un istinto mai sottoscritto. Ci andai perché un giorno devi alzarti e muoverti verso lo sconosciuto, che utilizziamo come alchimie di colori sparsi su un tavolo, da mescolare e schiacciare fino a creare polvere impalpabile che colori le nostre vite distratte. Ci andai per lasciare le impronte su soffice neve che non vedevo da anni, tra le strade dove perdersi nel sottofondo della sua fredda risata e riscaldarmi nei suoi rari silenzi. Avrei rimesso i miei ricordi tra le sue mani, glissando il mio dovere di crescere come se non mi appartenesse. Alle spalle freddi ciottoli rosicchiati dal mare, che andavo a guardare nei pomeriggi di scirocco, quando gli spruzzi nascondevano i solchi che segnavano le guance. Un altro autobus mi condusse oltre lo Stretto, come un passeggero del passato in cerca di un altro futuro. Ascoltai per mezz'ora un bigliettaio scavare il presente di una ragazza calabrese, forse più in fuga di me da un confuso progetto, prima di concentrare lo sguardo sulla divagante Costa Viola.

Procedemmo come una lenta marea di profughi erranti che non hanno motivo di affrettare il passo, temendo un domani peggiore dell'oggi. La ragazza sorrideva distratta con monosillabi che ricambiava con la testa a quell'uomo attempato, illuso di riuscire a saltare nel passato con quel sorriso. Disegnavo il contorno di un perimetro geografico ripercorrendolo sulle cartine scolastiche, con le quali amavo cercare capitali del mondo dai nomi impronunciabili dove davo per scontato si vivesse un'altra vita migliore. Immaginavo le mie mani a poterlo contenere tutto, accartocciandolo come un foglio in brutta copia, che raggiungesse gli altri a custodire i miei pensieri dentro un cestino di paure differenziate. Lo avrei disteso su quella autostrada, mescolando latitudini e longitudini dove incrociare la distrazione ed un'ambizione non ancora assopita. Lo avrei accarezzato come un'opportunità da condividere. E, forse, solo allora lo avrei cancellato per sempre.

Mi allontano da quel ricordo, prendendomi una pausa. Me la concede il cigolio, ormai familiare, della porta che si richiude. Non ho sentito il bip del suo cercapersone, forse troppo distratto dalla mia confessione. Deve aver aspettato una sosta a questa mia incontrollata corsa a riordinare i pensieri. È uscito con passi silenziosi, quasi a non voler disturbare un attimo di nostalgia. Non ho il tempo per provare a spiegarmi la sua latitanza, che un altro freddo richiamo mi costringe a voltarmi verso la porta. Ha una nuova dissolvenza impalpabile che avvolge la sua sagoma, mentre accarezza i pochi metri che dividono la sua familiarità acquisita con il mio diario imperfetto. Un aspro odore di terra calpestata raggiunge le mie narici e un fumo quasi violaceo nasconde, per qualche attimo, i nostri occhi. È solo una pausa che azzarda una breve riflessione. Quasi un tentativo a trovare le parole più morbide per descrivere la durezza dei ricordi. Il ferroviere attenua la tensione non voluta e poggia sul tavolo della sala un'altra tazza fumante. Il rumore secco del contatto con la porcellana mi svela le tracce di complici che ignoravo di avere. Quel legno scompleto custodisce messaggi, incisi con pennarelli indelebili che raffreddano quei contatti umani avvolti in un'ingenua poesia.

Ha un garbo sinistro mentre stupra la mia anima arrendevole. Appoggio le dita sul manico della tazza e il ferroviere ancora una volta, intuendo il mio disagio, assorbe in silenzio l'infuso. Mi concede qualche minuto per sniffare quel nuovo profumo di tè.

"Si riesce a delinearne i volti smarriti nelle promesse da smentire. È la grafia che palesa la mano di questi fugaci amanti, in cerca dell'immortalità". - Sorride, come se avesse pronunciato un segreto personale.

"A volte ne ho riscritto i futuri da quelle ingenue parole."
- Adesso si lascia andare ad una leggera risata.

"Ho completato le frasi che giudicavo prudenti, aggiungendo sfacciate richieste di prove d'amore. E la volta successiva, trovavo nuove frasi lasciate a metà, speranzose di nuove alchimie."

"Il gioco della chat a puntate forse l'ho inventato io. Ma che importanza ha saperlo? È sufficiente crederlo. Non solo io a grattare le ore da un'altra giornata votata alla monotonia. Quelli che mi hanno risposto sono entrati nella mia vita senza saperlo. O forse, sottovalutando un dono abbandonato senza compenso. Senza aspettare un grazie ricambiato che non hai mai pensato neanche di pretendere. Mi bastava questo".

Ha un magnetismo che l'aroma del tè riesce solo in parte a narcotizzare. Penso che sia uno dei pochi interlocutori che riesca a barattare i miei monologhi, in cambio di necessari attimi di assenza. Lo penso quasi a voce alta. Non so se si accorga della mia incertezza in un blando tentativo di ribattere le sue parole. Sarebbe un oltraggio verso una confessione che, stranamente, ha già catturato la mia apatia innalzandola a complicità. Rigetto lo sguardo fisso su di me. Nascosto da quell'alito aromatizzato che, lentamente, si innalza dalla porcellana dissolvendomi il volto. Il ferroviere ha già ripreso la rivelazione, della quale mi convinco di aver smarrito una parte.

"A volte, ti impossessi della vita delle persone che non vedrai mai. Più di quelle che frequenti ogni giorno. Io avevo un vantaggio, però. Io li incrociavo ogni giorno. Durante le mie passeggiate sui binari. Dentro le sale d'attesa, mentre fingevano di snobbare quei frammenti di storie, abbandonate su quei tavoli. Mi mancavano le loro identità, per completare un messaggio lasciato a metà. Spesso, è stato un privilegio. Ignorare la mano che ti ha offerto un contatto attraverso frasi rubate dal legno".

Il maestro ha superato l'allievo. Se solo sapessi distinguere i ruoli. Ricama le fantasie, strattonate da tempo da scomode realtà. Non ho il tempo per cercare una giusta esortazione a fargli continuare il racconto. Ha già rivestito la curiosità dell'ascoltatore glissando un'improbabile scelta. Dovrei essere più prudente. Penso. Senza troppa convinzione.

"Ti affretti a scoprire una nuova risposta". - Il ferroviere prosegue, truccandomi da confessore. "Fuggivo furtivo dalla sala dei comandi, come a volere lasciare ai colleghi una bizzarra mano del potere. Era una fuga veloce. Il tempo di scrutare l'inciso del legno con una torcia rivelatrice. Ci ho giocato per anni, con questi moderni segni da decifrare".

Pronuncia "decifrare" con voce strozzata. Avverto uno sgomento che si mescola alla nostalgia. Un infuso di tè da una miscela che sembra abbia voluto sottovalutare. Un errore comune che mi ha fatto credere ad un perdono paternale, colto in flagrante nella mia incisione oltraggiosa. Forse ho solo scambiato la complicità con un gesto d'umanità. So che non mi concederà troppe pause di riflessione, prima di costringermi a continuare il mio racconto. Non credo di volerlo neanch'io. Una strana sensazione. Quella che si prova quando ci si mischia alla gente che non si conosce. Ho già ripreso il mio viaggio, mentre il ferroviere mi dà le spalle appannando il vetro con i rimpianti. Si, davvero una strana sensazione. L'avevo già provata una volta, negli anni delle esplorazioni giovanili. Appagavo la mia curiosità, o forse, credevo di riuscirci. Montavo su un treno, incurante delle troppe pause che mi dividevano da un azzardo, tra una stazione e l'altra. Lo sguardo del ferroviere torna ad incrociare il mio. Accenna ad una condivisione d'ingenuità, vissuta anche da lui chissà quanto tempo prima. Mi rilassava. Riprendo il mio racconto, certo che mi farà spingere fino ad un lontano punto di pausa necessaria. Si, mi rilassava aspettare la fermata successiva, mentre scarabocchiavo i miei pensieri ribelli tra le righe di un quaderno. Riuscivo a catturare discorsi dimezzati dalla mia distrazione ed amalgamavo pezzi di vita che non avrei più incrociato. Ogni tanto, alzavo lo sguardo, concedendo alla penna un attimo di libertà interpretativa dei miei rammendi sfocati. Alcuni passeggeri abbassavano il tono della voce, come infastiditi. Giunto a destinazione, scendevo dal treno per ultimo, come se potesse restarmi un ultimo frammento di quelle vite condivise in un viaggio senza ritorno. Poi era quella strana sensazione ad impadronirsi della mia spavalderia. Centinaia di persone sfioravano le mie timidezze, mentre evitavo i loro passi. Ho riprovato la stessa suggestione quando lasciai l'autobus, i sorrisi forzati della ragazza calabrese ed un evidente rammarico del bigliettaio che ci annunciò di essere giunti a Roma.

Sorseggio l'infuso, ormai freddato. Aspetto per un attimo un improbabile rimprovero al mio oltraggio al rito del tè. Sento assalirmi da un altro eccesso di prudenza. Non è mancanza di fiducia verso quest'uomo che mi sembra di conoscere da sempre. Temo di più che il passato torni ad invadere il presente, perdendo definitivamente il controllo sul tempo che vorrei fermare dentro questa sala d'attesa.

4

Tre lettere incise sul muro...

Me le ricordo le vacanze della nostra famiglia. Padre, madre, un fratello di qualche anno più grande. Io, che assecondavo tutti perché odiavo le discussioni già da bambina. C'era sempre un ospite da aggiungere che usciva dal magico cappello della fantasia di qualcuno. Qualcuno che non ero mai io. Un amico di mio fratello, a volte un lontano parente, un vicino di casa che allargava la nostra famiglia, come uno zio adottato da chissà quale contorto rapporto di amicizia che noi figli subivamo come necessario. Si partiva come gli emigranti che tornano a sud. Mio padre con la firma sul foglio delle ferie del capo reparto della fabbrica di auto incisa nella mente. Mia madre a sognare una vita da signora in qualche arenile siciliano, mostrando un corpo ancora piacente che ingelosiva ed inorgogliva mio padre, quando gli uomini si fermavano a guardarla. Mio fratello sognava il suo piccolo spazio dove mostrare le sue folli costruzioni che confezionava nei freddi inverni milanesi, racchiuso nel suo personale laboratorio di invenzioni. Io a fuggire da un anno di scuola che mi era stato stretto, tanto da farmela abbandonare troppo presto, in cambio di un lavoro in nero dentro un salone per donna dove tutti mi conoscevano come la ragazza delle unghie. Un piccolo e modesto titolo che, in mezzo a milioni di milanesi distratti ed impegnati a evitare gli sguardi degli altri, in quelle otto ore di lavoro mi faceva sentire un ruolo da rivendicare. Poi c'era l'ospite inatteso. Il primo a farsi trovare in stazione, a volte anche già sul treno, caldo al solo vociare di migliaia di passeggeri che tornavano a casa con la scusa delle ferie estive. Viaggiavamo in treno perché a casa nessuno guidava. Neanche il compagno di viaggio, a parte qualche raro caso, quando le condizioni dell'auto ci obbligavano a scegliere le rotaie come mezzo sicuro per raggiungere la meta. Mezzo lento ma colmo di grosse opportunità di scambi culturali tra persone che condividevano la stessa città, mesi e mesi senza neanche sfiorarsi, per ritrovarsi poi in un compartimento a raccontare la propria vita come se non si fosse aspettato altro per troppo tempo.

Su quei treni mi piaceva restare in corridoio ad osservare il paesaggio scorrere dai finestrini sempre aperti, quelli che puntualmente il solito capotreno veniva a chiudere senza lasciare mai una vera motivazione in cambio. Amavo quel rumore ovattato che le gallerie restituivano a quel metallo ritmato su quei caldi binari che durante le curve percorse dal treno, sembravano non avessero mai fine. Mi voltavo di tanto in tanto, mentre mio padre e mio fratello consumavano l'ennesima sigaretta da dividere ed offrire ad altri passeggeri. Lanciavo un'occhiata dentro il compartimento e guardavo mia madre rovistare nella sua borsa da mare in cerca dell'unguento miracoloso che, da anemica milanese la potesse almeno in parte trasformare in abbronzatura da mostrare alle amiche al ritorno. C'era sempre qualche ragazzo, spesso erano anche uomini adulti, età di mio padre, che iniziavano discorsi che non comprendevo. A metà strada tra una bambina che guardava maliziosamente due piccoli seni crescere e la voglia di sorridere alla vita, come se mi fosse concesso non crescere mai. Rispondevo con una risata. Rumorosa come solo un'adolescente riesce a non vergognarsi troppo per esternarla. Capivo a metà il loro approccio sessuale. Mi illudevo che mia madre interrompesse quel gioco richiamandomi dentro il compartimento. Lo avrei visto come un gesto di protezione.

Un ruolo materno che si manifesta contro una sporca minaccia avventata nei confronti della figlia. Non accadeva mai però. Il suo volto restava piegato ad annusare gli aromi di quelle creme abbronzanti e molte volte avrei voluto assecondare quegli atteggiamenti sfrontati e quegli occhi bramosi che ripercorrevano il profilo del mio corpo, già troppo adulto per passare inosservato. Mi illudevo che quel falso onore familiare da difendere potesse risvegliare quegli istinti materni, assopiti da tempo dalla paura di invecchiare. Ho sempre respinto con parole triviali e dita medie da mostrare i maniacali sorrisi degli uomini.

Quei viaggi proseguivano in quelle lente ore che ci traghettavano dai lunghi tramonti delle città del nord alle notti afose che sfioravano i lampioni delle stazioni. Ritmavano una domanda ricorrente che a turno qualcuno poneva per conoscere la località appena superata e la noia accumulata. Finivo per dormire. Accovacciata su mio padre che rimaneva sveglio per paura di disturbarmi. L'ospite ricompariva la mattina seguente. Pimpante e con caffè riscaldati comprati in qualche stazione, tralasciata dal sonno profondo della notte. Tornava a fare parte della famiglia, come un diritto acquisito per grazia divina. Ci comunicava l'arrivo a Villa San Giovanni e l'imminente traversata tradizionale. Non ho mai vissuto, ricordo, quell'emozione del traghetto che solca le onde dello Stretto. Quand'ero troppo piccola, mi costringevano a restare nella porzione del treno, spezzato all'interno della pancia della nave per paura che un'imprudenza potesse farmi volare in mare. Ho sempre pensato come l'apprensione per un pericolo quasi improbabile nasconda l'indifferenza verso un altro più tangibile. Da ragazza era una scelta. Evitare in quei venti minuti di traversata l'ennesimo adulatore che, nel propormi un sogno, rischiava di farmi vivere un incubo.

Alla fine eravamo in terra di Sicilia. La terra della mia famiglia, abbandonata per necessità. Rivissuta ogni momento nei ricordi nostalgici dei mesi invernali. Ritrovata nei luoghi di infanzia che illuminavano gli occhi di mio padre. Molto meno quelli di mia madre. Per me era solo la spiaggia che mi accoglieva la notte, mentre guardavo le luci galleggianti delle barche sul mare e un cielo stellato che mi accompagnasse i pensieri, in attesa di un'altra favola da ascoltare.

5

Perché non è vero che il passato a volte ritorna. Non può tornare ciò che non è andato mai via. È solo un altro modo per giustificare quel morso di malinconia che si è già nutrito dei nostri giorni chiamandoli esperienze. Noto un vuoto di disagio tra le parole che provo a comporre e il mio compagno di viaggio in cerca di assonanze, che possano unire i nostri destini. Abbiamo imparato presto i tempi e le pause dei nostri monologhi. Come un copione riletto più volte, sfioriamo la perfezione del nostro alternarsi emotivo. C'è quasi rispetto non sottoscritto. È la stessa percezione che si prova quando, convinti a torto, si crede di dovere ascoltare per finire per specchiarsi nelle storie degli altri. Il ferroviere mi invita a chiudere il pensiero con un impercettibile cenno degli occhi. Non ne avrei bisogno ma il suo coinvolgimento lo vivo ormai come una protezione. Avrei già abbandonato questa ricostruzione cronologica della quale, non ho più dubbi, non riuscirò mai a liberarmene. È la sua presenza che raschia la memoria oltre il limite che mi ero posto da anni. Si, quella sul passato è un'idea maturata da tempo. Riprendo sommesso questa lezione di filosofia vissuta, come se stessi rivivendo un istinto di improvvisazione davanti ad una scomoda domanda. A volte si rasenta il masochismo. Quasi volontariamente torniamo nei luoghi che ci avevano fatto fuggire. Cerchiamo i crocicchi che avevamo evitato, cercando le conferme dei disagi che avevano provocato le nostre reazioni. O forse bramando le smentite.

"Eri giunto a Roma. Forse è il caso tu vada oltre". Riemerge dal fondo della sala la strategia esplorativa del ferroviere.

Non so se la possa rivendicare, ma sospetto per un attimo una divisa di un altro colore a contenere la sagoma dell'uomo vissuto. Gliela confeziono tra le ombre sbiadite della sala. Un impermeabile investigativo segno di riconoscimento. Non è un costume da poliziotto che mi concederà altri indugi. Quando arrivi a Roma è come se non avessi visto niente fino a quel momento. Accenno un divagamento turistico riprendendo il racconto. Già dalla stazione Termini avverti i millenni che ti accingi a calpestare. Senti di non esserne degno, come se si potesse riconoscere questo privilegio a qualcuno. Avevo due ore di tempo prima del treno per Milano. Costeggiai le Terme di Diocleziano, offese dall'arroganza dei tempi moderni, dissolta per strada con lo scarico delle auto di passaggio. Mi soffermai a riflettere davanti a quei mattoni, una volta cotti solo dal sole. Se un giorno dovessi decidere di sparire, lo farei a Roma. Pronuncio questo proclama come chi da per scontato che, in un'eventualità del genere, avesse la garanzia che qualcuno poi lo andasse a cercare.

"Qualcuno lo ha fatto senza volerlo" - l'ulteriore sentenza del ferroviere.

Non so se si stia riferendo ad una scomparsa precisa, magari qualcosa di personale che mi svelerà in un mio altro momento di falsa distrazione. Ripercorro quelle strade antiche a ridosso della stazione Termini con lo sguardo attento ad incrociare i volti smarriti nella distrazione della gente. In ogni silhouette che sfioro nei miei passi, ricompongo i lineamenti di quel nome rimasto interrotto sulla parete di una stazione. È questa l'immagine che ridisegno con i ricordi sbiaditi, mentre provo ad illudermi che quel miraggio possa trasformarsi in realtà. Non ne faccio cenno temendo un'altra risposta scomoda. Vorrei proseguire il racconto contraddicendo la mia svogliatezza nel confessare una parte della mia vita. Lo utilizzerei come alibi scacciando questo gioco infantile che sta intralciando la mia apatia. Le ragazze romane si assomigliano tutte. È come creare dalla banalità una spiegazione ad una pazienza assopita da una voglia indomabile di riprendere il viaggio. Un'altra considerazione che scansa altre innocenze che mi sfiorano in questo mio *ammazzatempo*, in attesa di un'altra fuga su di un binario senza più una destinazione. Ed è in questa incertezza che vedo questa dolce sagoma femminile in ogni volto che incrocio. Jeans e camicia bianca, come l'immagine che la mia mente ha creato in un'improbabile scena che vivrò alla fine del viaggio. Il passo sicuro di chi ha ingannato la fantasia e la tracotanza di un futuro che ha disegnato nella sua mente in cambio di una redenzione. Aspetto un gesto che sfati questo mio ruolo di improvvisato scopritore della semplicità del vivere. Non me ne riconosco alcun merito, né riesco ad assegnarmi una ricompensa non prevista che, casualmente, ho deciso di sancirmi. Per un attimo provo a giustificare questa visione come un miraggio che si ricompone tra la ricerca dei miei passi inopportuni e le storie che avrei dovuto approfondire. Nessuna ragazza si ferma accanto a me. Provo ad eludere una circostanza fissando l'attenzione oltre quei ruderi romani custoditi da una fredda cancellata. Se quei mattoni rossi potessero raccontarmi il passato cancellato dai libri di scuola, forse avrei le risposte glissate nell'illusione. Una carezza di capelli, simbolo di un'età che è pronta a scrivere una vita, mi scopre quel volto bambino a cui hanno cancellato un sorriso. In nome di un dio. Avrei riscritto io la mia vita. Davanti a questa profonda evasione emotiva che con dolcezza mi invita a raccogliere i momenti senza farmi troppe domande. Ci si potrebbe innamorare di quegli occhi che neanche per un attimo mi hanno trasmesso paura. Ma so che ne avrò. Vorrei che continuassi ad averne, che garantisse un mio ritrovamento mentale. La ragazza forse mi sfiorerà la mano, quasi involontariamente. Sento questo contatto che mi ha spinto a cominciare questo viaggio. Il rintocco di una campana vicina mi richiama ad un altro pannello di arrivi e partenze. Giro la testa verso quel suono sincopato e un attimo dopo la ragazza è scomparsa. Forse rimarrà solo un sogno. Lo condurrò con me. Fino a Milano.

6

Tre lettere incise sulla parete...

Quando il treno veniva ricomposto a ritrovare la luce, era già troppo tardi per specchiarsi sul mare come una turista in cerca di evasione. Era un rito propiziatorio di inizio estate che la gente del nord, come sentivo chiamarla per le strade di paese in Sicilia, non rinunciava a compiere mai. Nonostante il gesto ripetuto negli anni, sempre lo stesso sguardo nel vuoto in attesa che le leggende di fiere a spiccare il volo verso un sogno interrotto in tanti mesi invernali a scacciare la nebbia dalla propria mente. Le fiere non saltavano mai. Forse nessuno aveva mai l'accortezza di concentrarsi sull'orizzonte davanti un bianco parapetto che puzzava di mare. Forse gli stessi delfini si prendevano gioco di quei visitatori invadenti che un mese dopo tornavano a casa più depressi di quanto arrivati. Me ne distaccavo subito, sin dal primo giorno. Mia madre continuava a ripetermi che sprecavo il mio tempo dietro favole di carezze bagnate dalla brezza serale delle mie spiagge amiche. Quelle carezze che, secondo mia madre, nessuno avrebbe osato donarmi con quel mio carattere asociale che spaventava i ragazzi. Le osservavo le labbra quando liberava il suo italiano indottrinato da discorsi rubati dentro i bar milanesi alle belle signore delle quali ne invidiava la vita. Erano smorfie strane. Come un tentativo di pronunciare correttamente una parola da dizionario tascabile ed aprire la bocca provando a pronunciarla nel suo corrispettivo dialettale. Mi infastidiva quel suo rinnegare le origini. Quel suo opportunismo nell'andare a trovare i parenti che vivevano al mare per colorare la pelle, oltre che alle sue ambizioni.

I nostri contatti finivano nel momento stesso in cui abbandonavamo l'ultimo scalino del treno per concederci ai personali motivi che ci avevano condotti lì. Percorrevo i passi a memoria, quelli che negli anni a venire avrei chiamato nostalgia. Nessun preavviso. Nessuna ambasciata preparatoria che annunciasse il mio arrivo. Era solo sesto senso da dividere in due. Poi mi ritrovavo a scansare sassi milanesi da contrapporre a pietre schiacciate dai piedi arroventati dal sole. E la mia mano a stringere la sua, come un silenzioso patto che sanciva domande da non porre e tanti sguardi da condividere nei nostri sogni telepatici. L'acqua del mare sempre troppo fredda. Lo Stretto che solleva le correnti a gelare gli entusiasmi del primo bagno. Mi tappavo il naso come se quell'ammasso di acqua salata potesse invadere i miei pensieri senza protezione. Lo guardavo tuffarsi con sicurezza a spezzare le acque in biblica arroganza. Spruzzi di schiuma a condividere spazi che altri bagnanti erano costretti a concedere. Non ho mai voluto altro se non quegli attimi di gioia muta da assaporare nella mente svuotata da quelle gocce saline che mi sforzavo di trattenere nei capelli. Volevo essere bionda. Il sole ed il mare, mi era stato detto, i migliori cosmetici di quell'inno alla bellezza nel quale rispecchiare l'essere milanese agli occhi timidi dei siciliani. La mia pelle si colorava più di quanto auspicassi, con la rabbia di mia madre che finiva sempre per spalmare pomate curative su quell'epidermide rinnegata che la sua origine avrebbe dovuto mostrare.

Le domande non fatte sono quelle che non pretendono risposte, né ulteriori inutili contraddizioni. Discorsi interrotti undici mesi prima che erano racconti e morbide parole sulle quali appoggiare il sonno degli inverni milanesi. Spesso non ci chiamavamo neanche per nome. Riprendeva una favola della quale conoscevo sempre già il finale. Come una bambina senza troppa fretta di indurire i pensieri, chiedevo con i sorrisi le repliche di quelle fughe. Non mi deludeva mai. Già dalla prima sera, saltando cene distratte a raccogliere sentimenti familiari da dimenticare qualche settimana dopo, ci ritrovavamo nel nostro posto segreto dove eravamo sicuri di ritrovarci sempre.

Che importanza aveva in quei momenti quel destino segnato della mia vita nei folli disegni di mia madre? Settimane a distaccare il corpo dalla mente, dedicandosi completamente a piccoli gesti. Ingenui come la mia pudicizia nel timore di apparire troppo sfacciata e il suo infantile rossore quando, per gioco, mostravo un secondo di intimità fingendo una finale olimpica di ginnastica artistica, incurante della mia maglietta protettiva che sfuggiva al suo dovere.

7

"Siamo cresciuti, convinti che avremmo avuto sempre accanto quel ricordo di infanzia che l'età della ragione si ostina a farci chiamare nostalgia". - Il ferroviere mostra questa capacità di riportarmi d'improvviso con i piedi per terra.

Non ha una strategia particolare. Usa una rimodulata esperienza da frasi fatte. Quelle che spesso ascoltiamo dalle labbra tremanti dei nostri nonni, quando ci accovacciamo ai loro piedi, affidando alla loro custodia quella che vorremmo fosse un'eterna infanzia. Ha affinato questa tecnica da capelli canuti. Spezza il ritmo di quella sicurezza che, per un attimo, mi illudo di aver carpito dai ricordi. Lo fa intonando il suono della mia melodia che scava il passato. E suona un accordo che non concede fuggevoli accenti da una tangibile realtà. Spesso scruta il buio di questo silenzio d'attesa, che non riesce più a seguire una logica. Lo vedo attardarsi sul bordo del binario, mentre spio le sue mosse da servitore ligio al dovere. Più di una volta ha già guardato oltre lo scuro orizzonte che si rifiuta di dargli delle risposte. Da qualche minuto non riesce neanche a giustificare il suo disagio informativo con l'inaffidabilità della gestione del suo lavoro, in mano all'incompetenza di improvvisati superiori. Ci aspetteremmo, per motivi diversi, che lo stridere metallico annunciasse l'arrivo di questo convoglio al quale, sommessamente, abbiamo affidato le nostre esistenze.

"Ci lasciano all'oscuro di tutto. Poi, però, pretendono efficienza". - Mi sembra la voce che echeggia dalle sale fumose dei dopolavori dove, anche da bambini, andavamo ad assorbire i discorsi di un possibile ruolo da rivestire da adulti.

"Dedichi la vita al tempo, sapendo che nessuno te lo restituirà mai. Orari, coincidenze, scambi. Tutto in nome di un preciso disegno di puntualità che qualcuno ha tracciato anche per te". - Non so perché si è cambiato d'abito, vestendo quello del sottoposto statale in attesa di una meritata pensione.

Non riesce a nascondere quell'impronta di nervosismo che, per la precarietà del momento, sta prevalendo su quella eccezione al dovere che si è concessa con la mia presenza. È l'assenza, più che il silenzio, ad aver avvolto la stanza che ci ospita. Quella che contraddice la finalità di una stazione ferroviaria con la latitanza di un convoglio. È come aver eluso questa strana situazione, complici e desiderosi di non porsi troppe domande. I grandi quesiti del mondo sono lì però. Nel buio dei pensieri che inchiodano uno sguardo sulla parete. Si cresce accostandosi piano piano ad un equilibrio di esistenza che possa scacciare per sempre le paure. La mente ricostruisce a metà quei dubbi e quelle titubanze che ci hanno fatto nascondere alle attenzioni degli adulti. Si cresce sforzandosi a non ripetere le sommarie avvertenze da elargire alle nuove generazioni con quel tocco, assurdamente presuntuoso, di uomo vissuto. L'ho contestato e combattuto negli anni dei brufoli nascosti allo specchio del bagno, mentre una mano sicura si appoggiava sulla mia testa infondendo esperienza. Era in quell'attimo che smascheravo le insicurezze di chi si era posto davanti alla puerizia tacciandola per crescita da percorrere per fasi prestabilite. Ho trascorso quegli anni sforzandomi soltanto a non trasformarmi in un simile adulto. La solitudine è la ricerca primordiale di un distacco da frasi fatte e consigli generazionali. Mi ci sono aggrappato e, adesso, adulto a mia volta, non riesco a staccarmene.

"Non dico di aver mai preteso certezze" - la sua voce si è fatta più remissiva.

"Non scegli di fare questo mestiere per compensare le disillusioni della vita. All'inizio ho seguito il fascino del cappello del controllore che invadeva il sonno dei compartimenti notturni. Quell'acronimo cucito sulla visiera segnava il confine d'ambizione oltre il quale avevo posto le realizzazioni del futuro".

Lo guardo occupando un ruolo invertito, monopolizzato dal ferroviere fino a questo momento. È riuscito nel suo intento, se mai avesse pensato realmente di vestirsi da confessore. Ha acceso la curiosità dormiente che ha accompagnato i miei anni. Non dico che vorrei scavare nel suo passato per provare a trovarci dei punti in comune, ma comincio a sciogliere l'estraneità che ha retto la mia iniziale diffidenza. Sarà il tono interpretativo della sua voce. Quel modo professionale di scandire le parole, quasi sillabandole. Neanche quando il contenuto è un'evidente stizza nei confronti di dubbie scelte sbagliate, si lascia andare ad innalzate di decibel, spesso usate da molti per sostenere le proprie ragioni. Non mi dispiace questa pausa di riflessione che, ogni tanto, mi concede donandomi frammenti del suo pensiero. Rinuncerei volentieri alla mia cronologica costruzione di un alibi che possa, almeno in parte, concedermi il lusso dell'oblio. Dedicherei maggiore attenzione alle sue confessioni centellinate soffermandomi sui punti da unire per rico-

noscermi. Minore fatica ascoltare che provare ad esternare quanto è rimasto del proprio animo umano. La si
sente dentro, come un parto dalle viscere narcotizzate,
quella esalazione di ricordi che si trasmette quando si
raccontano pezzi di vita. Mi ci sono affidato per anni a
questi frammenti trovando un letargo personale che
oggi, davanti quest'uomo, ha segnato un risveglio inaspettato. Rinuncerei ma il ferroviere non condivide l'intenzione. Stacca lo sguardo dal silenzio dell'orizzonte
spezzato dalla finestra di questa sala d'attesa.

Si volta dalla mia parte e mi propone "Potremmo man-
giare qualcosa. Che so? Un piatto di pasta. Sono bravo a
cucinare. Se aspettiamo che qualcuno ci faccia sapere
qualcosa, perdiamo tempo. E quel treno, chissà dov'è
fermo?" - Sono ospite suo e non ho voglia di rifiutare
l'offerta. Taccio per rafforzare l'assenso con il silenzio.

"Ripassati il nuovo capitolo mentre vado a mettere la
pentola sul fuoco" - la sua fermezza cancella ogni accen-
nata possibilità di rifiuto.

"Non ho mai ascoltato storie a metà. Non comincerò
oggi". Le sue parole in dissolvenza riescono a disegnare
un sorriso sul mio volto.

Ho riconosciuto quella sicurezza d'azione che quest'uomo trasmette in modo così naturale. Talvolta l'ho usata
anch'io, ma era un'indegna recitazione con la quale mi

ritrovavo sempre a tradire le intenzioni. C'è un'innaturale spontaneità nelle sue movenze, arricchite di didascalie che non pretendono repliche. Non è solo la messa in pratica di esperienze vissute cercando vanamente inutili risposte. La sua, piuttosto, sembra un'affinazione di un attributo di vita che si trascina dall'infanzia. Come quei compagni di gioco che sorbivano le frasi fatte di ruffiani elogi alla crescita, alle quali sin da subito, nessuno credeva. Ma erano necessarie ad aprire le serrate porte di un mondo che, solo dopo e diventati inevitabilmente adulti, deprimeva gli entusiasmi lasciando il dubbio che, quello spalancare prepotente e spavaldo, fosse stato eccessivamente precoce. Quest'uomo di vita, truccato da qualche minuto da dovere preconfezionato, ha raschiato nel mio passato provando a dimenticare il suo. È strano come l'attesa risvegli i nostri sensi percettivi. Mi giunge all'orecchio un suono impercettibile di metallo che stride. Quello che si sottomette al potere di un freno che mano umana aziona, obbligata a raccogliere silenziosi passeggeri sbattuti dal vento delle rotaie. Ma non è lo stridere fantasma di un convoglio che, per motivi diversi, aneliamo di sentirne il lamento. È quella suggestione che ci fa credere di aver già vissuto certe situazioni, come se stessimo rivedendo la traccia magnetica di noi stessi. A me capitava con i dialoghi. Sentivo quelle parole

legate ai ricordi e, inspiegabilmente, giungevo ad anticipare le battute imbastite in una conversazione che riconoscevo dalle prime sillabe. Era un altro modo per illudersi di poter vivere più vite, come se l'unica non fosse
davvero eccessivamente abbastanza. Accosto l'orecchio
alla parete. Proprio quella che sfoggia il mio geroglifico
incompiuto. Vorrei spiare le movenze sicure di quel ferroviere. Nelle vesti dell'essere abituato all'isolamento, lo
vedrei impegnato in passaggi imparati a memoria, tra
rifugi di casa improvvisati dentro una stanza di una stazione. L'organizzazione mnemonica di gesti incisi nel
tempo. Quel rumore metallico di oggetti da decifrare, a
svolgere ripetutamente un compito ricevuto dall'intelligenza umana. Gli stipetti precari, mai richiusi del tutto.
Il sincopato sbattere di alluminio ammaccato, tra uno
scaldalatte e un'ampia pentola ad accogliere spaghetti
appoggiati sul bordo. E quell'andirivieni da carcerato tra
stretti angoli di una libertà strozzata dall'abitudine. Non
riesco ad assorbire i rumori, nonostante abbia attaccato
a ventosa la faccia su quella parete rugosa. Provo a interpretare i suoi discorsi a metà, nei quali non sono riuscito
ad annusarne la traccia. Mi chiedo se il suo servizio al
dovere non sia la metafora di scatti muscolari, dopo
anni robotizzati. Provo a lasciare uno spiraglio alla mia
fantasia per costruire una personale verità sulla vita di

un altro essere umano. Forse è lo stesso gioco che ha condotto lui quando ha deciso di riconoscermi il ruolo di interlocutore. Mi mancano dettagli per approfondire un'analisi. Non mi lascia il tempo per ricomporre le frasi dentro un discorso di senso compiuto, che un più reale suono mi sorprende con la guancia a raffreddarsi sul muro dell'imputato. Entra con un sorriso di *melaspettavo*. "Passiamo nell'altra stanza". La sua unica frase di circostanza.

Oltrepassiamo la porta verso l'esterno. Dò un'occhiata in alto all'orologio della stazione. Il ferroviere si concede l'obbligo di uno sguardo all'orizzonte che dovrebbe dargli le risposte. È solo un attimo. Poi la mano si appoggia sulla maniglia del gabbiotto che conduce nelle stanze segrete.

8

Tre lettere incise sulla parete...

Quando entri in acqua, dopo mesi di teste fasciate dai cappelli di lana e sciarpe a trasformarti in manichini da esposizione seduti o aggrappati nelle metropolitane. Quando entri nell'acqua, mentre il sale ti apre la mente oltre a regalarti quel formicolio che stuzzica uno starnuto strozzato e una voglia di ebbrezza che sembra masochismo. Quando entri nel mare senti il rumore del mondo che non hai mai avuto il coraggio di respirare. Impiegavo pochi minuti prima di trasformare la mia pelle in un brivido freddo che congelava i cattivi pensieri. Si rideva stringendoci la mano mentre l'ennesima onda anomala ci faceva perdere l'equilibrio, inghiottendo salmastro e tosse. E ancora tanti cattivi pensieri.

Dimenticavo mia madre. L'odore dolciastro di estratti di mandorla cinese che cancellavano il ph dalla sua epidermide rassegnata al passare del tempo. Credo che avesse avuto sempre invidia del mio giovane corpo. Non subito. Dal momento della mia mano tinta di rosso e il suo sguardo che accompagnava le frasi che non aveva mai detto fino a quell'istante. Poi era iniziata una gara a distanza, tra sguardi di falsi rimproveri e le uscite per Milano durante le quali soltanto lei sceglieva cosa comprare e farmi indossare. Leggevo uno strano ed innaturale sopruso della donna che si traveste di madre. Quel suo volere esternare un segno del comando, che educa anche senza parole. La seguivo con la rassegnazione di chi sapeva di non doverla assecondare per sempre. Erano i miei seni a spingermi verso un altro orizzonte da contemplare, nonostante la nebbia mi riportasse troppo spesso con i piedi per terra. Quando entravo nel mare però, era tappare le frasi di circostanza e i falsi complimenti che mia madre elargiva davanti alle amiche e ai parenti, sostenendo una sottintesa assomiglianza che nemmeno nel profilo delle mani riuscivo mai a vedere.

Mi immergevo perdendo il contatto che ricercavo al buio per la mia perenne paura di aprire gli occhi sott'acqua. Mi ritrovava lui, ad occhi chiusi come seguendo un istinto che sfiorava l'amicizia pretendendo nella solitudine invernale un ricordo d'azzardo che non riusciva mai a trasformare in realtà. Mi bastava soltanto questo. L'illusione che accendevo nelle sue dita a sfiorare i capelli. La mente che si spegneva in quelle quattro settimane di sceneggiata turistica che aspettava le repliche della successiva stagione. Il respiro forzato dalla mancanza di ossigeno, in quei secondi veloci ed asfissianti, toglieva linfa vitale alla mente e un rumore ovattato di alienazione prendeva il sopravvento. Padroni di quel metro cubo di acqua salmastra. Per sempre. Anche solo per un minuto. I sogni, differenti nel nascere si legavano in quelle evoluzioni infantili dentro quel mare che non si opponeva. È facile rimanere bambini se si annegano le inutili ambizioni.

Si usciva quando la pelle era ubriaca di mare e il respiro affannato chiedeva pietà. Sbuffanti si cercava conforto sul telo in attesa di asciugare eccessive emozioni. Mi avvolgevo provando un sottile piacere per quel puntuale brivido di freddo che completava l'aroma di quell'atteso svuotamento mentale. Lui si dedicava al rito infantile della terra che asciuga. Si adagiava poggiando il petto sui ciottoli bianchi arroventati dal sole. Raccoglieva a braccia aperte scavando la terra sottostante, umida e più fresca dal passaggio delle onde precedenti. Mi fissava con lo sguardo di chi sa che non deve chiedere niente. Intensi minuti di contemplazione che mi impacciavano. Lanciavo piccoli sassi, non riuscivo a chiamarle pietre nonostante il mio sangue siculo che faticava ad emergere. Fingeva di non sentirne il contatto, come la voglia di durezza e virilità da rivendicare in ogni circostanza. Un segno di appartenenza che l'adolescenza non riesce a sedare del tutto, mentre si diventa senza accorgersene adulti. Un sorriso nascosto dal braccio che mordicchiava lentamente indirizzando gli occhi verso amici da salutare per distrazione. Forse il caldo di quei ciottoli, o il disagio di uno smarrimento emozionale lo costringeva a ricambiarmi il gioco del sasso che nascondeva la mano. Un invito a seguirlo in un'altra immersione. Brevi momenti di riflessione. Rinunciare al riacquistato tepore che evaporava le gocce di freddo che scivolavano dalla mia fronte. Puntuale arrivava la voce di mia madre, a fingere di ritrovare una figlia smarrita. Altri cattivi pensieri. Poi solo tanta schiuma biancastra ed occhi che si richiudevano.

9

Guardarlo nelle sue movenze sicure, che afferrano, dispongono, eseguono passaggi di vita, imparatati a memoria. Non riesco a comprendere dove finiscano gli indizi di una solitudine prolungata ed iniziano gli sfoggi di un vissuto che negli anni ha assunto le sembianze di un rifugio. Sa di familiarità quel suono smorzato di metallo d'esperienza che si mette a disposizione alla sua creatività. Non si sforza a volermene dare un saggio, è solo assuefazione ad un bisogno di contatto umano che la sua vita parallela, evidentemente, gli concede poche volte. Se avessi avuto dei dubbi, adesso sento la certezza che avvolge questo improvvisato rapporto umano. Un'attesa protratta nel tempo, oggi ha trovato il suo punto d'arrivo. Sta diventando una situazione che, so consapevolmente, non saprò gestire con la mia eccessiva autonomia che ha caratterizzato i miei anni. Remissivo mi affido a quegli odori che dalle sue mani sapienti, stanno colorando di meccaniche evasioni una banalità ricercata. Osservo la lenta fiammella che trasforma le essenze in semplici necessità di nutrimento. Una padella annerita dal tempo ospita una spremuta di olive, come il ferroviere rinomina con malcelata modestia, l'olio ricevuto in dono da benefattori di passaggio. Quel liquido verde cattura la mia attenzione e mi soffermo a guardarlo in attesa che si animi dal calore del fuoco. Uno spicchio d'aglio vola al suo interno cercando inutili invasioni nella tradizione. Poi il ferroviere spezza le mandorle trattenendo la tentazione di addentarne qualcuna. Frammenti di pomodoro secco tingono di *rossovita* questa alchimia di sapori, scavati da un passato di appartenenza. Afferra alla cieca una pentola da uno stipetto sopra la testa. Esperienza del buio che si è ripetuta negli anni. Con un leggero segnale d'intesa, intuisco di non poter rimanere passivo al suo rito culinario. Mi passa la pentola che riempio sotto la fontana di una *pilozza*, una volta bianca marmo. Accendo la fiamma sotto e regolo l'intensità secondo il suo annuire che sia la gradazione giusta. Intanto un altro sportello magico si mostra alla mia curiosità. La sua mano estrae la plastica trasparente che custodisce la pasta. Non credo abbia nulla di orientale. Mi viene spontaneo dire, pensando agli infusi che ha utilizzato per sciogliere la mia pigrizia oratoria.

"Sono *cavateddi*. Molto usati nel siracusano e nel ragusano" - il ferroviere m'indottrina di arte culinaria come un fatto dovuto.

"A volte ho l'impressione che anche scavando nei miei pensieri, ci si possa trovare inciso made in China".

Anticipa qualsiasi altra domanda e ironizza la sentenza, cercando in me un complice di congetture da invasioni culturali. Mi limito a distrarmi dietro il ribollire dell'acqua che attende il tuffo liberatorio. Lo fermerei quest'istante, come un fotogramma da ricacciare dal fondo di una scatola, quando la lucidità di un ricordo ha già da troppo tempo lasciato spazio alle amnesie. Sorprendersi, fingendo di sorprendersi, decifrando volti che hanno toccato il passato custodito ad ammuffire in un angolo di memoria rimossa. Provo a ricordare un momento analogo che possa alleggerire il disagio che sto vivendo. L'acqua prende impeto sospinta dal calore che si insaporisce di rapporto umano. Così evidente, così decantato, così temuto. Ritrovarsi attorno al luogo comune di una tavola improvvisata, sfruttata centinaia di volte come confessionale. Ha un potere occulto, quasi incontrollabile e percepibile. Una mensa estemporanea che invita ad una risposta, verso un richiamo d'amicizia ignorato fino a quel momento.

"Non bisogna esagerare con l'attesa prima di decidere di versare la pasta nell'acqua" - sembra un'altra sentenza della sua lezione culinaria.

Quei saggi consigli che alcuni docenti centellinano negli anni, quasi temendo una distrazione dirompente a narcotizzare l'interesse dell'aula.

"Se l'acqua è troppo bollente, sulla pasta si crea una patina protettiva che stacca il contatto con il suo cuore, rischiando di lasciarla cruda all'interno".

Non ho elementi per contraddirlo, sono costretto a fidarmi. Procedo con prudenza a versare il contenuto. L'erudizione inibisce le arroganze, addolcendo quel rapporto tra maestro ed allievo che spesso sfocia in inutile competizione. Le bolle risucchiano i *cavateddi* facendoli sparire per un attimo. Poi la forza del calore li sospinge verso l'alto. Il ferroviere interviene con un mestolo di legno a riportare la calma. Abbassa la fiamma quel tanto per non soffocare la bollitura.

"La cottura la senti sotto il cucchiaio" - mi lancia quasi un'occhiata di sfida nel pronunciare la sua ultima dottrina.

"Un esperto non assaggia la pasta per verificarla". Accetto il suo sguardo, più delle sue parole.

Decido di sottopormi mestamente a questo sfoggio di tradizione erudita, conquistata nel tempo per diretta esperienza. La sento come un rito preparatorio che si evolverà in un dialogo da riprendere, quando avrà messo da parte il suo nuovo vestito da precettore in cambio di un figlio dello stato che gli riconosco più consono. Ha già afferrato lo scolapasta, che regge con una mano. Mi risponde con un altro cenno della testa al mio invito d'aiuto. Ha la sapienza sufficiente per gestire la manovra con le sue mani. Per un attimo il vapore ovatta questa immagine domestica. Poi, da una dissolvenza da vecchia stazione, riappare la sua sagoma. Intinge la pasta con la salsa lasciata a riposo. Un profumo di aglio e di mandorla abbrustolita invade questa improvvisata gastronomia. Non mi da il tempo per estasiarmi che il tocco segreto invade la scena. Nella padella che ha partorito la salsa, versa qualche pugno di pangrattato. Pochi minuti e il residuo olio del fondo indora quella sabbia di grano. *Muddica abbrustolita*.

"È a morti soj" - mi dice in un siciliano imprevisto, a sancire uno strano attaccamento alla terra. "Un'antica usanza che ogni famiglia ha ereditato dai nostri nonni" - lo dice con orgoglio, mal celando un pensiero rivolto ad affetti del passato.

"È sempre stato il tocco magico delle portate povere. A volte era sufficiente per sofisticare un semplice piatto di maccheroni con il sugo".

Mi siedo senza attendere il suo invito. Provo a calarmi nella parte di quel piano sequenza improvvisato. Non ci sono interpreti principali. È solo uno sfoggio di sensazioni interne che le nostre menti hanno accantonato da troppo tempo. Non so spiegarmi cosa abbia rimosso quella patina d'oblio che aveva avvolto fino ad oggi i nostri ricordi accatastati nel passato. So che è una sensazione reciproca, non ho certezze per pensarlo, ma la spontaneità delle sue parole mi lasciano intendere che una capricciosa osmosi di pensiero sta dettando le leggi con le quali deporre sul tavolo qualcosa che assomigli abbastanza ad una verità. Forse ha ragione quando ha definito le mie, mezze verità, ma mi convinco sempre di più che fosse un anatema allo specchio dal quale provare ad uscirne indenne, se non innocente. Mastichiamo lentamente quel pasto povero, innalzato a cibo degli dei dai suoi sproloqui. Gusto quasi ad occhi chiusi quella cromia di sapori che mi riportano, per un momento, ad un'infanzia inutilmente rincorsa. C'erano piatti che profumavano d'umiltà, che mi attendevano al ritorno della scuola. Erano le lotte primordiali di un palato che anelava a gusti raffinati che, forse, non sarebbero mai arrivati. Pasta associata ad alimenti che disprezzavo, costretto a nutrirmene come rancio da caserma che non concede alternative. Ricordo che odiavo i fagioli e me li trovavo come legge di contrappasso dalla quale trovare i passi giusti che mi avrebbero condotto verso una matura crescita. Giusta, secondo mio padre. Il razzolare male che si contrappone ad una predica inutile alla quale, dopo qualche anno, non ho più creduto. Inventavo strategie di separazione, tra la pasta e i fagioli non graditi. Iniziavo addentando questi fino all'ultimo boccone di disgusto. Quasi intatti, appena masticati, per accelerare quella bizzarra operazione. Poi gustavo la pasta, come se fosse il premio di un sacrificio del condannato. È bello essere stupidi, quando si è bambini. Il ferroviere, ancora una volta, mi viene in soccorso in quel mio improvviso smarrimento senza controllo dove rischio di rimanere imprigionato. Mi versa un bicchiere di rosso, più degno nettare degli dei per omaggiare questa tavola imbandita sulla quale abbiamo deciso di deporre una parte della nostra vita. Un sorso che acquieta la nostalgia e quella rabbia repressa, che non mi abbandonerà mai.

"È pura illusione credere di purificarsi la mente con il tempo". Il ferroviere anima una risposta ad una domanda mai fatta.

"È una necessità alla quale è difficile sottrarsi. È come credere di poter calpestare la nostra personale strada, fingendo di ignorare che altri hanno in parte disegnato sui nostri giorni a venire". Mi *struzza* il bicchiere pronunciando queste parole. È un atto dovuto quando ci si appresta a bere del vino. Quel contatto di bicchieri ad augurarsi maggiore salute di quanto siamo disposti a difenderne. Rispondo al suo augurio con un semplice cenno della testa. Si alza un attimo, abbandonando quel discorso alle mie riflessioni. Dalle movenze comprendo che un istinto al dovere lo ha richiamato da questa censurabile distrazione. O è solo disagio, per chi è venuto da confessore ed è costretto a trattenersi dall'essere penitente. Rimango solo ad osservare la macchia di porpora che ha il inciso il bicchiere. Provo ad anticipare a mente le sue prossime parole, perché so che quando rientrerà nella stanza, pretenderà un nuovo capitolo scrollandosi quel temporaneo bisogno di parlare di sé. Mastichiamo con ritmo di devozione all'arte dei fornelli, più per zittire un disagio di chi compie un dovere quotidiano, come a doversene vergognare. Era mia abitudine, quando ragazzino mi accomodavo alla mensa familiare, metafora di un legame sciolto da tempo, ed osservavo con irriverenti zoomate quello sciabordio di mandibole. Pensieri conditi da pietanze che aiutavano a vestirsi da cartomanti. Osservavo quei commensali che non riuscivo a riconoscere. Scavavo, ad ogni boccone, un motivo che potesse unirmi a loro, sebbene con un grande sforzo di convivialità, ma rimanevo in attesa che si completasse il distacco. Amplificavo quel rumore di denti che entrano in contatto e, per un attimo, provavo appartenenza ad un destino di sopravvivenza. La mia, molto più che necessaria. Adesso, quello che condivido con il ferroviere, è solo un rito di rispetto. La mente circonda gli spazi lasciati vuoti dal silenzio. Il treno era sufficientemente affollato, più di quanto in quel momento fossi disposto a sopportare. Non so come, mi ritrovo a riprendere il racconto, come ad anticipare la richiesta che, istintivamente, sento non sarebbe tardata ad arrivare. Il ferroviere lascia in stallo un'ultima forchettata, quasi sorpreso della mia improvvisa loquacità. Non perde tempo a sollecitarmi con altre domande, quasi timoroso di una mia nuova ritrosia comunicativa. Non è un momento di chiusura, questo. Il palato, appagato dal piatto tradizionale, ha lasciato spazio alla favella ed una voglia incontrollabile di compiere un altro passo verso la ricostruzione di una mia personale verità. O forse è solo il vino.

Il cigolio lento di quel convoglio che lasciò Termini quel giorno imprecisato, trasporta le mie parole verso la curiosità del ferroviere. Con un arpeggio di chitarra affidai la mente al paesaggio laziale immergendomi in melodie che disegnarono casolari maremmani e fotogrammi bucolici, dove provare ad immaginare una vita diversa. Se vuoi, puoi vedere i riflessi delle onde di sole oltre la monotonia di una campagna da cartolina. Allora, in quell'istante, ti sentiresti padrone del mondo. Come un suono narcotizzante dal quale farsi anestetizzare, disegnai l'orizzonte con frammenti di paure. Estasiato da abbandono volontario, non udii la voce del bigliettaio che mi augurò buon viaggio dopo avermi restituito il biglietto. Avviai un nuovo gioco rispolverato da un'infanzia assopita. Chiusi gli occhi per alienare un mondo artefatto dal quale, per qualche attimo, sentivo il bisogno di allontanarmi. Anche adesso penso come abbia legato la mia vita a due binari senza destinazione, ai quali forse già allora sapevo di doverci tornare. Fu un viaggio liberatorio, oltre una mera fantasia lasciata a veleggiare seguendo un ritmo sincopato dettato dal treno. Cominciai a scollegare i sensi dai rumori sempre più confusi che giungevano oltre il vetro della porta scorrevole. Come i commensali scacciati dalla mensa familiare, lentamente annullai qualsiasi suono proveniente dalle bocche irrefrenabili dei miei compagni di viaggio. Ci si può distaccare dal mondo, in una tale circostanza, senza grosse difficoltà. Gli altri passeggeri ti guardano per un attimo, quasi a darti il consenso per quella improvvisata alienazione. Poi distolgono lo sguardo, a volte volgendo l'attenzione verso il paesaggio che sfugge dal finestrino, a volte emulando il tuo gesto, come rassicurati da una prima mossa da condividere. Gli occhi si chiudono ed in quel buio che sfiora un sanguigno contatto delle palpebre, torni a parlare con te stesso in quel silenzio preteso e rubato a convenevoli a scadenza. Nelle prossime fermate del treno. La testa non è mai appoggiata comoda a conciliare un sonno di fuga. Utile, quando non è il sonno profondo la tua meta del momento. È solo voglia di attenuare i rumori e le parole che, mai come in quel momento, non ambisci ad ascoltare. Quella posizione scomoda ti impedisce di staccare completamente i contatti. Vaghi tra pensieri astratti e la libertà della mente che sembra non appartenerti. Sono questi momenti che ho inseguito per anni, provando a trasformarli in silenzi protettivi, necessari per scomode domande. È in questo che il ferroviere è riuscito ad aprirsi una breccia. Una falla difensiva che pensavo più resistente alle sue provocazioni verbali che, senza rendermene conto, mi fanno sentire il bisogno di condividere passaggi di vita, accantonati come frammenti d'oblio dove provare a nascondersi. Mi è sempre piaciuta quella percussione ferrata che ritma il viaggio sui treni. Quel tu-tu che il treno compone toccando le pause dei binari. Un metallo che si fa melodia, sciogliendo le ore dell'attesa fino alla stazione di arrivo. È come sentire il proprio battito in quelle strane occasioni, quando un muscolo ribelle imita quello cardiaco in

84

una dimostrazione involontaria che, solo in quel momento, sembra realmente farci sentire vivi. Mi bastò quel gioco sporco degli occhi chiusi che gli altri passeggeri tradussero in stanchezza, per disegnare una storia senza inizio ed una fine mai scritta. Immaginai sorrisi e labbra a scambiarsi messaggi di storie che si assomigliano. Quelli che sarei stato disposto a consegnare a quella distrazione estiva che, alla fine di quel viaggio, sarebbe stata il mio quotidiano. Come uno studente, ripassavo a memoria le parole giuste a spezzare il disagio di un incontro fuori stagione, come se l'estate avesse inciso i discorsi che si rinnovavano ogni anno. La immaginavo quella giovane donna a propormi nuovi azzardi che una Milano emancipata ed il suo folle entusiasmo avevano custodito nei mesi precedenti. La immaginavo, come se fossi stato in grado di anticiparne i pensieri. Sentivo una sintonia costruita in quelle poche settimane calde, così intima e ricercata, così preziosa e illusoria, compagna di quegli inverni di rammarico ed innocenti nostalgie che sollecitavano le attese per le estati successive. Facevo mia la telepatia scettica che fa dell'uomo, un essere mistico e detentore di poteri sovrannaturali. Quelli che scacciano la noia di giorni che si ripetono all'infinito, come le generazioni che si illudono di essere esclusive. Pensavo a quelle intese che ci avrebbero uniti per sempre, quando le parole sono superflue più dei pensieri. Come una pace mentale che trova appagamento nelle pagine immaginate, molte volte così distanti dalle realtà che toccheremo con mano. Avrei fermato il treno per non far morire il sogno. Ma non fui io a rivendicare quel privilegio. Gli occhi si aprirono ribelli alla mia voglia di alienazione. Sagome confuse e voci che masticavano le parole, dette a metà per uno strano sgomento che non riuscivo a comprendere. Qualcosa mi univa a quel panico statico di muscoli, che si irrigidiscono davanti all'incomprensibile. Quella familiare sensazione di scollegamento, tra la mente irrigidita dalla paura e un istinto di reazione che invita a prendere coscienza su quanto ci accade intorno. Siamo sempre in ritardo a questo imprevisto appuntamento che la vita ci garantisce senza preavviso. Proviamo quotidianamente quel sentore di aspettativa alle deviazioni che il destino, qualcuno si consola chiamandolo così, interpone a un rassicurante quieto vivere. Sappiamo che non sarà sempre un cammino lineare, pretenderlo sarebbe un'altra fuga dalla realtà che, ad un certo punto della nostra vita, non possiamo più permetterci. Eppure arriviamo sempre impreparati a questi salti nel buio che scavano le nostre coscienze, oltre che le anime.

"Molte volte ci si illude di vivere due vite parallele" - sembra un suggerimento quello che mi giunge dalla penombra della stanza, dalla quale il ferroviere spezza il suo dimesso silenzio.

Mi ha ascoltato lasciandomi la libertà di sfogo senza interruzione. Negli ultimi baratti di parole, sente il bisogno di interrompermi al momento giusto. Una strana intuizione smuove in lui l'istinto di aggiungere un pensiero al mio racconto. Come una correzione scolastica, della quale ama rivendicarsi precettore. È qualcosa di più di un ammonimento, è una battuta da spalla che mi consenta di indirizzare per il verso giusto la mia interpretazione.

"Si, sembra davvero di vivere due vite parallele" - prosegue con maggiore impeto, quasi temendo di essere interrotto.

"Una vita è quella che ti sei costruito negli anni. O che pensi di avere costruito, come se fosse dipeso dalle tue scelte, o dalla tua volontà. Una vita che sembra mutare giorno dopo giorno, con le sue contraddizioni, le sue aspettative e le sue delusioni. L'altra, quella che hai la sensazione si sia fermata venti, trenta, quaranta anni fa" - prende una piccola pausa, forse per cercare le parole giuste a rafforzare quanto sta dicendo.

Finge, per un attimo, di concentrare l'ascolto verso un improbabile cigolio che giunga dalla notte. Poi riprende con quel suo tono da educatore, che mi sembra sempre più accostabile alla sua vera natura.

"Come se il tempo, realmente, possa essersi fermato a quegli anni che, oggi, dai discorsi che fai, dalle nostalgie che intercalano le tue parole, provi a riportare nel tuo presente. Forse è solo un modo per rimanere legati al passato".

Già, forse è solo un'incontrollabile voglia di non cancellare una parte della propria vita. Quest'uomo ha un modo più diretto per esprimere certe debolezze umane, quelle che ci riportano indietro nel tempo, come una traccia magnetica da riascoltare con l'esperienza delle personali disillusioni.

"Ma se si potesse tornare indietro, crolleremo davanti ad un'altra idea artefatta della nostra personale percezione dei nostri ricordi" - c'è un leggero tono di malinconia in queste ultime parole che nasconde a fatica una confessione intimista che mi prende di sorpresa.

"Il mondo cambia ovunque, anche in un paesino di niente come in quello dove ci troviamo. Molto probabilmente perché siamo noi che cambiamo. Un conto è tornare nei luoghi di origine una settimana all'anno, un mese, per azzardare un periodo più lungo di crisi di identità. Un altro è provare a tornarci per sempre. La verità è che la vera fuga dalla realtà è ostinarsi a restare lontano dalle proprie origini. Rinnegarle, credendo di poterle cancellare. E lo si fa illudendosi che, in qualsiasi altro posto, in altre latitudini sconosciute, la vita possa essere diversa. Migliore, addirittura".

Mi sento come se mi stia strappando i ricordi e le mute sensazioni che ogni giorno sono venuto a riscoprire negli angoli bui di questa stazione. Non riesco a controbattere, dentro di me so che non lo voglio. A volte è necessario che qualcuno prenda il nostro posto ad esternare le emozioni che abbiamo sotterrato in un oblio di scelta, che preferiamo chiamare dolore.

"Migliore, come se si possa credere ancora che qualche essere umano possa rivendicare un modo di vivere migliore" - il ferroviere prosegue il suo sproloquio, incurante del mio sguardo eccessivamente riflessivo.

"Poi, se ti fermi a pensarci con meno coinvolgimento, ti accorgi che a qualsiasi latitudine, ritrovi la stessa merda. Perché l'essere umano è merda in qualsiasi culo del mondo lo collochi. Nelle tue radici hai la consolazione di sfogarti con chi ha fatto parte del tuo passato e, solo in parte, continua a fare parte del tuo presente. Quelli che chiamano veri amici, come se quel 'veri' possa giustificare un modo diverso di essere amici. Altrove, rimani solo un numero. Periodico...".

Troppo dure le sue parole. È l'unico commento che riesco a soffocare in mente. Un linguaggio sconcio, diretto, quasi infantile. Non mi aspettavo questa fermezza e il suo giudizio sul mondo, per un attimo, mi sembra eccessivo. Quando le parole che ascolto turbano l'idea che mi faccio degli altri, tendo a scostarmi da quella scomoda situazione provando a concentrarmi su un pensiero intimistico che possa cancellare gli ultimi minuti della mia vita. Non so se sia l'unico a farlo, ma mi piace immaginare di non possedere questa esclusiva. Sono quei momenti, quando per un motivo sconosciuto, giudico me stesso scalfendo le stranezze che sorreggono il mio modo di essere. Comunque dure, quelle parole che il ferroviere ha voluto pormi davanti come un disegno nascosto, dalla cui cromia provare a ridimensionare una storia privata. Provo a pormi le domande che, forse, lui stesso avrebbe voluto rivolte. Innegabile una sorta di confessione, esternando ricordi frammentati che sfociano in invettive da trasmettere al primo passeggero di treni di terra. Quello che, con una certa ironia, mi identifica ai suoi occhi. Ho troppa fretta di riprendere il mio viaggio di ricordi per soffermarmi oltre un doveroso senso di curiosità, magari dovuta alla sua pazienza nell'ascoltarmi, che preferisco rinviare quando avrò, se avrò, la mente più sgombra. Torno su quel convoglio di personaggi smarriti in cerca di una storia. Lo faccio senza preavviso, come se le parole del ferroviere abbiano scalfito le emozioni che la mente sa riconsegnarci dentro un momento di distrazione. Un panico molecolare ha invaso il compartimento che non riesce a contenere lo sgomento. Odore di bruciato. Fumo. Pietre sollevate dalla speranza. Nomi lanciati alla disperazione, in attesa che possano restituirci un futuro. Entro dentro un'altra storia, della quale non riconosco i confini. Ombre vagano nel corridoio appiattendosi contro i finestrini. Qualcuno cerca risposte, ma solo un paesaggio in dissolvenza riflette una dose rincarata di sgomento. Quello che non comprendi, chiami follia. Ma in quel frangente, non realizzi se sia una pazzia esterna o un vuoto di memoria che barcolla le certezze. Troppo silenzio sostiene la linea d'opposizione, tra strade percorse e la voglia di riprendere il cammino. Un silenzio che aiuta il panico a mutare in disperazione. È quella che lessi nella donna che aprì la porta per venire a fissare il mio frastornato torpore. Il passato si mescola al presente. Il mio. Quello di migliaia di persone che attraversano quella scena senza soffermarsi. Quello di questa donna che aspetta un mio cenno per scoppiare in lacrime. Ha le mani infangate. Più umide di una polvere che si incolla alla pelle. La sabbia si arrende all'impasto con il liquido organico che scivola sulle guance di quello sguardo in cerca d'aiuto. Ma non vuole il mio soccorso. Me ne accorgo dalla sua testa remissiva che ha già coperto con la rassegnazione. Si siede davanti a me, in quello spazio di condivisione lasciato abbandonato da chi è già fuggito da tutto questo. Il capo chino mi risparmia il disagio. Aspetto parole che temo di dover pronunciare. La saggezza delle donne prevale in queste occasioni. Tramutare l'angoscia in reazione è un'arte che imparano quando diventano madri. Noi raccogliamo solo i frutti. Noi, uomini. Detentori di alterigia da barattare nelle guerre. Dichiarate su quel filo sottile di stupidità, trascritta sui libri di storia come coraggio. Si, ferroviere. Io vivevo due vite parallele, senza sapere come gestirne una sola. Anche in quel momento, davanti a quella donna che sfiorava la mia coscienza, provando a donarle un motivo per esistere. La sua mano racchiudeva la foto di un bambino sorridente. L'altra si aggrappò alla mia, come un flusso di umanità da condividere. Ferroviere. Guardavo quel bimbo raffigurato sulla foto e cercavo i contorni nei quali potermi riconoscere. Un ricordo invadente annebbiava una cornice sbiadita di un'immagine da apocalisse. La donna strinse sempre più forte la mia mano, ma l'emozione mi rimase soffocata da quella pol-

92

vere sollevata dall'arroganza. Raccolsi le testimonianze di uomini che rinnegano le origini, alle quali non vorresti appartenere. Una verità che squarcia una condanna del vivere, che non riesci a comprendere. Erano domande. Era l'elemosina di una consolazione che faccia rassegnare. Nel più breve tempo possibile. Prima che la mente domini i ricordi e ci faccia sprofondare nell'abisso del dolore. La donna incrociava i miei occhi, mentre ero intento a trovare le risposte di quello sgomento, che era diventato mio. Pur non comprendendo, provavo a ricompattare i pezzi di una storia assurda. Mi sforzavo più di quanto avessi veduto fare ad altri uomini che mi avevano preceduto. Attraverso il vetro opaco del treno che mi aveva regalato evasioni mentali che, piano piano, mi avevano abbandonato. Avevo voglia di mare. Quello che possedevo in quelle settimane d'estate, quando con la testa sotto, chiudevo gli occhi per non essere costretto a vedere il mondo che mi perdevo sulla falsa sicurezza della terraferma. Avevo voglia di mare, ferroviere. In quel momento, quando il resto dell'umanità che avevo lasciato fuori dalla mia apnea mi stava presentando il conto per un'appartenenza che avevo rinnegato.

Sentii la sua mano sfuggire dalla mia, come un'indifferenza sciolta dal troppo calore umano del momento. Mi ritrovai con le dita incrociate, nel tentativo di cancellare quella traccia di comunicazione. Mentre una strana concretezza ricostruiva un presente di un altro viaggio di fuga. Come una stazione radiofonica che recupera purezza di suono in una ritrovata sintonia, cominciai a risentire il brusio dei passeggeri seduti accanto a me. Girai di scatto la testa verso il finestrino, combattuto da una realtà ripudiata e finzione ancora presente ai miei occhi. Un pensiero rubato all'infanzia mi fece credere di avere toccato la mano di mia madre. Pochi attimi dopo, il bigliettaio si fermò davanti la porta scorrevole del compartimento e disse: "Alle 13 saremo a Milano".

10

Tre lettere incise sulla parete...

Qualche volta salivamo a Taormina. Era come un viaggio nel tempo. Ci salivamo in autobus a respirare l'odore di estate emanato da quei corpi incollati ai sedili con il sudore. Mi giungevano parole incomprensibili in migliaia di lingue del mondo. Fingevo di abbandonarmi ad una improvvisa stanchezza e appoggiavo la testa sulla sua spalla. Chiudevo gli occhi per completare l'interpretazione. Sapevo che emozionavo il suo silenzio con quell'ingenuo contatto. L'autobus si inerpicava tra i tornanti, lasciandosi alle spalle la sagoma dell'Isola Bella, puntualmente fotografata durante il tragitto da quei turisti estasiati. Quelle curve affrontate con guida sportiva dal solito autista in vena di attirare l'attenzione sulle turiste della prima fila, spingevano la mia testa sull'accoglienza della sua spalla. Provavo una rilassatezza esclusiva, un senso di protezione che riconoscevo alla sua giovane età come una maturazione affrettata che chissà dove ci avrebbe portato. Non erano domande da porsi in quei momenti. La vita andava vissuta raccogliendo la generosità degli altri, anche se non si era disposti a chiamarli sentimenti. Restavamo uniti in quel contatto, complici di un reciproco scambio di cortesia che avremmo racchiuso nella fantasia da difendere negli anni a venire. Quelli che già allora qualcuno al posto nostro aveva deciso di programmare. Io avevo mia madre con un copione già scritto e cucito sulla mia adolescenza. Lui aveva un padre a cancellare le giornate accumulate la notte, all'ombra di una barca addormentata.

Non c'era il tempo e la voglia per soffermarsi sulle recriminazioni e quei fottuti cattivi pensieri. Le menti conquistate da quella passerella di vita che tagliava in due Taormina, tra negozi e locali invitanti dove ci soffermavamo a guardare le vetrine e a leggere i menu. Erano passeggiate dominate dal silenzio. Ci piaceva restare dentro i nostri pensieri dando per scontato che ognuno di noi li avrebbe saputi leggere. Forse era presunzione quella che ci impediva di trovare il coraggio di spingersi oltre il limite di una timidezza. Non onoravamo l'età che avrebbe dovuto lasciarci abbandonare senza troppi ripensamenti, ma notavo un eccessivo rispetto nascosto dalla paura di perdere tutto. Solo le mani comunicavano quell'infantile disagio. Quello che rimpiangiamo per tutta la vita per quella speranza lasciata a metà. A metà per tutto il tempo che potrebbe fermare l'attimo, in attesa che qualcuno ci veda crescere limitandosi ad osservare le mutazioni dei nostri corpi. Non ci guardavamo abbastanza. Non tanto per rischiare di doverci scambiare un perché. Ci bastavano quelle favole scambiate all'ombra della luna, quelle che ci davano l'alibi per non approfondire eccessivamente i nostri pensieri. Anche quella gente che incrociavamo su quel corso inzuppato di turisti, erano fughe da tutto quello che gli altri si aspettavano da noi. In controcorrente coltivavamo un rapporto che ci aiutasse a rinviare ad un lontano domani l'obbligo di indossare i personaggi che gli adulti ci avevano disegnato addosso. Lo accettavamo come complici che non debbano sentirsi costretti a farsi domande. I nostri dialoghi si costruivano su frasi da interpretare. Lui era più diretto, a volte. Sicuramente più di me. Quando meno me lo aspettavo mi consegnava uno spunto di riflessione sulla sua storia personale. Non erano mai discorsi completi. Nessuno inizio particolare che potesse collegarsi con discorsi precedenti lasciati a metà. Neanche i finali erano mai realmente conclusivi. "Scusami se vomito ad alta voce" – era il suo modo per uscire dall'impaccio quando credeva di aver spalancato una delle sue porte segrete.

Ne ho tenute serrate molte più di lui. Nessun obbligo però. Un patto sul quale non avevamo mai discusso le condizioni. Qualcuno l'avrebbe chiamata intima intesa. Per me era soltanto reciproco rispetto.

E poi c'era Taormina con quelle migliaia di sguardi che provavano a non incrociarsi. I soldi erano sempre pochi, come del resto era la caratteristica dominante di tutta l'estate. Lui lavorava qualche volta. Si alzava la mattina presto, dopo che ci eravamo addormentati sulla spiaggia con la teste appoggiate a scambiarci i pensieri. Un risveglio improvviso da voci invadenti di altri turisti in cerca di emozioni estive. Una breve fuga fino a casa. Un appuntamento silenzioso per una granita al bar sotto casa qualche ora dopo. Alcune volte mancava a quel rendez-vous. Dopo avermi lasciato davanti la porta di casa, tornava in spiaggia per raggiungere l'equipaggio di pesca con il quale guadagnare qualcosa. Diceva che lo faceva per me. Per avere i soldi e portarmi in giro. Doveva fare *u masculu*, come gli piaceva interpretare ogni tanto per rivendicare un ruolo da siciliano che spesso rinnegava.

A Taormina si finiva sempre dentro una rosticceria. Pochi soldi per un arancino o un trancio di focaccia messinese. Da bere una sambusoda, la strana gazzosa locale con quel gusto di sambuca artefatto. Fingevamo di giocare agli adulti con una bibita truccata da alcolica. Poi si riscendeva di corsa verso il capolinea degli autobus che ci riportavano a casa. Un anno ci andammo anche con l'auto. Lui patentato da poco, rubò le chiavi a suo padre e mi venne a prendere sotto casa. Si fece solo notare e, per paura di farsi scoprire dai miei, mi fece un cenno con la testa per indicarmi il nostro solito posto di incontro. Montai velocemente sprofondando sul sedile a nascondere quella gita clandestina. Quella volta mi fece visitare anche Castelmola. La collina gemella di Taormina con quelle altre casette arroccate sulla roccia, la piazza ad affacciarsi sul castello normanno di Sant'Alessio e la Calabria a specchiarsi in quel blu soffiato dal vento dello Stretto. Ridemmo come pazzi dentro il "bar del cazzo", quel ricercato locale di Castelmola che ospitava tutti quegli oggetti a richiamare il sesso maschile in ogni fantasioso accostamento. Le maniglie delle porte, la base di un lume, il piedistallo di un tavolo, un cavatappi. Un'apologia del fallo. Notai il suo disagio dopo che uscimmo dal locale. La sua eterna paura di avermi offeso. Il suo timore reverenziale di essere accostabile all'arroganza del padre. Provai a rassicurarlo regalandogli il migliore dei miei sorrisi, ma rimase in silenzio durante tutto il tragitto di ritorno.

11

"È in queste storie. In questi ricordi confusi, appesi ad un abbraccio spezzato che ci ha tenuti legati ad un destino che ci unisce al mondo. È in queste storie che smarrisco il mio essere umano. Il mio bisogno di sentirmi umano" – il ferroviere è entrato di prepotenza nella mia fantasiosa ricostruzione di un buio sotterrato nella menzogna da oltre trenta anni.

È come ritrovarsi insieme dentro un racconto che altri hanno scritto. Senza chiederci il permesso, ci hanno inserito come personaggi principali che avranno il compito di trascinare la verità. Un peso abbandonato da opportunisti detentori di un plagio di silenzio. Quello che riesce a staccare gli anni dal muro, costringendoci a specchiarci in un ricordo che non riconosciamo più. Su quei muri ci appendevo gli eroi degli anni delle distinzioni. Ferroviere, mi accucciavo in piccole stanze scacciando i rumori che provenivano dall'esterno. Piccole tane, letti disfatti dalla noia, cuffiette alle orecchie e un gracchiante walkman a trascinarmi su altre storie raccontate con versi appiccicati su sei corde di chitarra impolverata. L'afferravo, ferroviere, senza troppo rispetto. Un veloce accordare di tonalità ripassate a memoria e poi, dentro un baratro di ricordi da voler dimenticare, arpeggi che mi graffiavano la durezza accumulata negli anni, oltre ai polpastrelli da studente. Trascorrevo gli inverni, componendo canzoni che dimenticavo dentro le pagine dei libri. Mesi ad aspettare la mia donna bambina che portava l'estate nella mia vita di rinvii e sogni riciclati, dei quali ne sento ancora bisogno.

"Qualcosa ha fermato quella tua voglia di crescere che provo a ricostruire dai capitoli che mi stai consegnando" – è quasi paternale questo ferroviere che sembra avere adottato la mia follia.

Usa parole che semplificano i miei sentimenti arrovellati che nessun treno riuscirà mai del tutto a portare via. Sono discorsi e banali incoraggiamenti a guardare il mondo con gli occhi degli altri. Quei discorsi che elemosinavo nei miei incontri fugaci che si spegnevano dentro le fumose gallerie che violavo nei miei continui viaggi. Ho bisogno di riposare, di staccare il contatto con quel ricordo di una stazione che ha inchiodato le lancette di un orologio offeso dal tempo. Voglio sedermi un attimo e sorseggiare un altro esotico tè che quest'uomo latita ad offrirmi. Starò ad ascoltarlo per un po'. Se avrà voglia di parlare, più di quella che mi si è seccata in gola tra una vita che vorrei riscrivere e le tragedie scavate nelle anime di vittime involontarie che me l'hanno banalizzata. Il ferroviere sembra avermi letto nel pensiero. Lo vedo uscire senza alcuna scusa apparente, almeno in questa occasione. Ne approfitto per scivolare nella mia sala d'attesa. Amo questa penombra che mi fa chiudere gli occhi. Merita rispetto questa sensazione di assenza che sta asciugando le mie umide stranezze. Mi siedo su quella panca ricamata da altri segni indelebili di assenza mentale. Quei pensieri rubati dal ferroviere durante le sue ore di attesa. Chiudo gli occhi provando a spegnere anche il cervello. Non occorre che mi sforzi oltre misura. Accade tutto con naturalezza. Quasi assopito, con la mente scollegata a metà, osservo i miei confini attraverso le palpebre chiuse. Lenti movimenti degli occhi, da sinistra a destra. Da destra a sinistra. Conosco a memoria questa sala. L'odore, le piccole crepe del muro. La panca di legno sulla quale si incollavano le gambe nelle giornate di caldo estivo. Gli occhi chiusi continuano a ricostruire questo mio piccolo mondo, unico da diversi anni. Lo è stato da sempre. Rifugio personale che a volte condivido con qualche privilegiato. Piccole concessioni del mio personale isolamento. Ho sempre sfuggito la scena, quando gli altri hanno deciso di farmi interpretare il personaggio principale. Anche adesso mi sentirei liberato da un eventuale congedo definitivo del ferroviere, richiamato al dovere del suo lavoro. Gli occhi, ingannevoli più delle mie insicurezze, si soffermano un attimo su quelle lettere incise a metà, che hanno dato inizio alla mia confessione raccolta dal ferroviere. Non ho molto tempo per rincorrere voci bambine dentro le quali vorrei tornare a nascondermi. La porta si apre sbattendomi in faccia uno schiaffo di aria umida. Mi alzo dalla panca e mi avvicino al passaggio spalancato da quell'improvviso colpo di vento. Guardo il cielo. Un dettaglio trascurato durante quel mio scambio di confidenze con il ferroviere. Nero. Minaccioso come un ricordo. Inquietante a coprire il profilo sconnesso delle colline al di sopra della stazione. Si risveglia dentro di me quel sottile cinismo che accompagnava le notti di nubifragi violenti e che ci costringeva a tapparci in casa. Un ululato della natura, che ci conduceva a un sonno di stanchezza, era la colonna sonora di una presa di coscienza che ci avvicinava alla paura. Fantasiose sagome in silhouette prendevano forma dal buio delle stanze. Pensieri arrovellati da emozioni perverse che apprendevamo dagli adulti. Un monito educativo, utilizzato per delegare a uomini neri o a lupi affamati, la comunicazione incerta tra un padre e un figlio. In quelle notti sforzavo la vista a raccogliere i pensieri dispersi nella stanza. Addolcivo i suoni violenti dei tuoni che si infrangevano nei punti più oscuri della nostra noia di crescere. Provavo a captare suoni famigliari che potessero farmi credere di condividere la stessa infantile fantasia. Amici di gioco. Poi il sonno mi veniva in aiuto, rinviando ai giorni futuri la voglia di liberare il cielo.

"C'è freddo. No, freddo è esagerato. Umido. Si, umido. Ma non quello sciroccoso dell'estate che incolla i pensieri sulle lenzuola inzuppate dal sudore quando si prova a cedere al sonno".

Mi spiazza sempre il bipolarismo comunicativo di quest'uomo, tornato di diritto al suo ruolo. Una sentenza sul mondo, vomitata con fredda amarezza, qualche minuto prima. Parole canute qualche attimo dopo. Parole che, nella banalità della stanchezza degli anziani, ti aspetti di sentire ogni qualvolta questi avi viventi, eccessivamente maturi, sentono il bisogno di pesare nei loro discorsi. Da lui mi giungono quasi con sorpresa.

"C'è odore di polvere bagnata nell'aria". Prosegue con un buffo gesto che imita un cane in cerca di una traccia.

"Da qualche parte sta piovendo già. Non mi sbaglio, in questi casi". Per un attimo sorride facendomi intuire un cassetto della memoria che lentamente si sta aprendo.

"Mio nonno era pescatore. Di quelli con i calli dentro i palmi delle mani, sin da ragazzino. La mattina annusava l'aria, appena fuori la porta di casa. Decideva lui se raggiungere la spiaggia vicina e ordinare la prima cala".

"Gli altri uomini lo ascoltavano, come si ascolta il detentore della tua vita, prima ancora colui che segna il ritmo delle tue giornate. Era un ruolo ereditato dall'esperienza. Un passaggio di consegne mai sottoscritto, tra chi aveva a sua volta trasmesso le antiche leggi del mare e chi, ricevendole, sapeva già di non poterle custodire come un prezioso segreto" - diventa quasi poetico questo ferroviere quando scava nel suo passato provando ad unirlo al mio.

"Il mare ha questo pregio esclusivo, unisce gli uomini sotto un destino comune di attaccamento alla vita, preziosa più dei frutti che si riescono a raccogliere nelle giornate di concessioni generose che ricorderemo per tutta la vita. Quelle che annullano anni di uscite a riempire le reti di sola stanchezza. Non sentirai mai un pescatore raccontarti con dovizia di dettagli le delusioni della sua amara scelta di vita. Saranno imprese e raccolte miracolose a riempire le serate sui muretti invernali sgretolati dalle mareggiate".

Se riuscissimo ancora ad aggrapparci a questa umiltà, incisa sulle mani screpolate dal sale marino e dal vento, forse riusciremmo ancora a comprendere i gesti, le emozioni, i sogni di chi prova a raccontarci la sua storia, con l'enfasi di possederne una speciale da meritare di essere ascoltata. Quegli occhi spersi negli anni che non abbiamo saputo trattenere, che uniscono le vite dei vecchi ai futuri disegnati di nuove generazioni in cerca di un domani diverso. È come quella comune sensazione che si prova alla fine delle estati, quando anche l'aria che respiri sa già di nostalgia. Quello strano silenzio che si impadronisce dei nostri pensieri e ci costringe, nonostante infantili tentativi di rinviare ai giorni seguenti quelli che sono già ricordi, a custodire soli abbaglianti che per settimane si sono specchiati sulla monotonia delle nostre rincorse affannate che ci condurranno alla prossima estate. Se riuscissimo a dare valore a quei momenti che creeranno tristezza nel nostro domani, che non sarà mai così sufficientemente lontano, impareremmo a stringere in mano i sorrisi condivisi con compagni di viaggio che rischiamo di dimenticare.

"Da piccolo, riconoscevo i miei eroi in quei palmi scavati dalla fatica" - il ferroviere scruta il cielo, mentre rimette in ordine un particolare momento della sua vita.

"Nessun altro essere umano poteva distrarmi da quella venerazione verso questi uomini di rabbia e sudore, di morte e sopravvivenza. E quando qualcuno di loro storceva il naso, o una smorfia curiosa precedeva una sentenza, nessuno osava contrapporsi a quella legge consegnata in silenzio che non doveva essere discussa. Ho memorizzato quei momenti, collegando il colore del cielo a quei richiami di mimiche facciali che ridisegnavano il volto di mio nonno. Adesso riesco a guardare il cambio di tonalità delle nubi, il loro vagare a cercare il contatto con altre. Riesco a capire quanto sia vicino un pericolo dall'intensità del fragore di un tuono. A volte rassicuro. A volte aspetto smentite. Come un gioco dall'esito imprevisto, che l'uomo moderno pretenderebbe come risposta certa".

Chissà quante volte ho fatto gli stessi pensieri, credendoli miei esclusivi. Scoprire dentro il passato di un uomo lo stesso percorso di custode d'esperienza, da trasmettere come lascito da non disperdere. Gli esseri umani sono molto più simili e vicini di quanto si ostinano a rinnegare.

12

Tre lettere incise sulla parete...

Il mio *zito* avrebbe trovato altri stimoli virili da rivendicare se si fosse trovato nella stessa situazione. Iniziai la
mia storia con un ragazzo di Milano per avere occasione
di uscire la sera. Mi ero fatta *zita* con uno di quei compagni di infanzia che si abbandonano nei ricordi dopo il
tempo della scuola. Era una delle poche occasioni che
quell'espressione in dialetto mi veniva incontro per non
prendere troppo sul serio quello che stavo vivendo.
Troppo ragazzina per pretendere la libertà sufficiente
per infrangere un orario di rientro a casa che, anche in
una città come Milano, era un oltraggio alla severità che
un genitore deve fingere di dimostrare. Qualche anno
più di me, sufficiente per infondere la giusta fiducia verso mio padre. Mia madre non faceva particolari commenti, a parte quando si ritrovava davanti alla platea del
vicinato. Quella era l'occasione per decantare le lodi di

questo ragazzo lavoratore ed educato. Conclusioni che non avevano una particolare motivazione per essere giustificati, ma a volte sentivo nelle parole di madre più una rivendicazione di chissà quali suoi meriti personali, che una reale constatazione dei pregi di questo ragazzo entrato in casa nostra. Il primo schiaffo lo presi durante un viaggio al mare. Uno dei tanti che migliaia di ragazzi milanesi si ritrovavano prima o poi ad affrontare con l'inizio dell'estate. Incolonnati sulle autostrade che portavano nella riviera romagnola, si seguiva la tradizione delle generazioni precedenti con una nuova arroganza su una scelta che credevamo esclusiva. Me lo diede, lo schiaffo, perché mi addormentai con i piedi appoggiati sul cruscotto. Il mio *zito*, lavoratore ed educato, era molto geloso delle auto. Le cambiava con l'arrivo della nuova stagione estiva. Ogni anno. Un'auto nuova, così la chiamava, anche se erano tutte auto usate che la frenesia dell'usa e getta ha sempre influenzato i gusti e le abitudini dei miei concittadini. Mi alzai di scatto svegliata da quel gesto personale d'affetto. Il mio lavoratore ed educato *zito* aveva pensato bene che fossero maturi i tempi per stabilire le gerarchie nel nostro rapporto. Tre mesi erano più che sufficienti per non lasciarmi troppo spazio alle smancerie da fidanzatini, superate e destinate ai ragazzini. Mi specchiai nello specchietto di cortesia per cercare il livido. Avrei dovuto inventare il modo per nasconderlo e giustificare a mio padre quel piccolo imprevisto. Il sangue però era riuscito a coprirlo a sufficienza. Mi porse un fazzoletto continuando a guidare. Il sangue proseguì a disegnarmi il volto mentre il fazzoletto si uniformò nel colore di me stessa. Sentii le lacrime spingere a provocarmi una reazione emotiva, ma per la paura di un'altra sua manifestazione d'affetto riuscii a contenere il pianto. Si fermò ad un'area di servizio invitandomi ad entrare in bagno per risolvere il problema. Rimontai in auto senza dire una parola. Furono tre giorni di assoluto distacco. Dormii su una sedia sdraio ospitata su un balcone dell'hotel. Anche durante il viaggio di ritorno mi sistemai nel sedile posteriore fingendo di dormire fino a Milano.

Sembra così banale doverlo ammettere. Lo senti dalla bocca delle amiche che hanno vissuto la stessa esperienza e ti stupisci di quanto stai ascoltando. Critichi e ti incazzi inveendo contro quelle ragazze che hanno subìto tacendo. Poi tocca a te e non comprendi. È come se il fiato rimanga inghiottito in quelle lacrime soffocate. C'è rabbia. La senti che spinge dal basso della tua umiliazione ma non riesce a prendere forma. Rimane in sospeso come un atto incompiuto. Il tempo ti fotte. Più della violenza. Rimuovi quel ricordo come un peso dal quale liberarsi nel più breve tempo possibile. Sarà un'autodifesa della mente che espelle quel ricordo. Quel cattivo pensiero che non puoi raccontare a nessuno perché nessuno ha veramente voglia di ascoltare.

Non mia madre, impegnata a costruirsi i sogni da inseguire dentro i quali non c'era spazio per nessuno. Troppo grandi i miei problemi adolescenziali per pretendere di invadere quella libertà di fantasticare una vita diversa. Non potevo oltraggiare quel senso di insoddisfazione che mia madre esternava da tempo, ristretta in quelle quattro mura di sacrificio inutile, tra troppi limiti per accontentarsi e pochi margini per reinventarsi una personale avventura. La volta successiva che il mio *zito* esternò il suo essere lavoratore ed educato, usò soltanto le parole in una notte che credetti di ricevere una mezz'ora di gentilezza. Le parole si conficcano e rimangono adagiate nelle ferite per l'eternità. Dovrebbe essere amore, ma è solo un profondo dolore.

13

Raccoglieremmo più segnali, se solo li sapessimo leggere. Se solo non fossimo così disponibili a farci catturare da inutili distrazioni. Ci smarriamo invece tra sguardi che non sappiamo incrociare e parole che non comprendiamo, solo per paura di soffermarci ad ascoltarle. Vorrei che il mio cervello si sciogliesse in un abbraccio di Alzheimer, per provare a dimenticare le immagini che hanno disegnato la tristezza sul volto del mondo. Perché non è vero che la mente immagazzina ricordi per liberare quelli più belli nei momenti di maggiore vicinanza ad un nuovo confine da oltrepassare. Sono quelli che hanno ispirato una storia a dominare la scena, quelli da scrivere su tovaglioli di carta abbandonati sui tavoli del bar. Quelli che hanno inciso le giornate delle voci del silenzio che avremmo amplificato, illudendoci che tutto questo sarebbe stato sufficiente a darci qualche risposta. Ed invece inseguiamo passi sconosciuti, come se questi fossero i migliori da percorrere. Aspettiamo, cosa aspettiamo? Cosa, se anche una vecchia canzone ci ha già detto che nessuno ci darà mai il via per muoverci incontro alla vita? È solo una scelta comoda da contrastare al coraggio di osare. Abbiamo spento l'ambizione, solo nel dovere di sentirla e affrontarla tutti i giorni. Il resto sono parole che cancelliamo, giorno dopo giorno, credendo di averne sempre delle nuove, pronte all'evenienza di spostare leggermente di lato l'ostacolo che, nonostante l'evidenza, è l'unica promessa alla quale affidare il nostro futuro. Forse ci accontentiamo del poco che sappiamo raccattare dalle vite degli altri. Se dovessi farmi un esame di coscienza, ogni giorno, prima di affrontare quello nuovo, conterei il tempo sprecato ad aspettare il momento giusto per provare a tagliare le corde che mi stringono ad assurdi rinvii. Ogni tanto, non sempre lo ammetto, ho guardato con invidia popoli che abbandonano case, madri, terreni solidi sui quali sprofondare i piedi, e fuggire senza una vera meta, con la scusa di un sogno migliore di quello che gli arroganti del mondo gli hanno già seppellito dentro una nuova guerra. Solo tappe sicure, collaudate da chi ci ha preceduto, rappresentano la nostra rivoluzione culturale che, da ragazzi, doveva cambiare il modo di respirare, di annusare gli eventi sconvolgenti che bramavamo come cani che annusano una preda. Ma come i cani ci siamo fatti addomesticare a comode poltrone sulle quali adagiarsi, con un occhio chiuso a metà, ad osservare strani personaggi che non hanno neanche più voglia di accarezzarci. Ringhiamo contro falsi nemici che, qualcuno più folle di noi, ha edificato nella nostra mente, che non è più solo nostra. Poi la notte torniamo ad accovacciarci in sicure dimore, chiudendo gli occhi agli insistenti richiami. Più di quanto abbiamo già fatto di giorno. Non riesco ferroviere. Ci provo, ma non ci riesco. Vorrei sciogliere i pensieri e trasformarli in parole da consegnarti con una forte dose di comunicazione, intensa e vitale. Più necessaria a me nel tentativo di vomitarla, che a te nella speranza di raccoglierla. È come provare a trovare il coraggio, cercandolo nelle azioni degli altri. Lo sto facendo con te, come ho fatto in altre occasioni. Come hanno fatto milioni di esseri umani che mi hanno preceduto. E come faranno altri milioni dopo di me. Dovrei essere il primo, forse? E perché? Perché proprio io, tra tanti sognatori repressi che sfiorano una voglia di verità che chiamano sentimento? Tu, forse, potresti spiegarmelo. Ma più ti ascolto nei nostri cambi di ruolo su questo assurdo palco della vergogna e più ho l'impressione di essere in questa stazione da solo. Davanti ad uno specchio rotto, che sforma la mia immagine artefatta. Milano non è come Roma. Non è solo una considerazione campanilistica che non ha ancora ben definito se sia un modo per esaltare le origini o rinnegarle del tutto. Riprendo il mio viaggio, mentre il ferroviere continua ad annusare i ricordi dell'infanzia alitando rimorsi ed occasioni mancate sul vetro. Milano non sarà mai come Roma. Te ne accorgi quando il cielo si oscura, proprio mentre i primi grattacieli specchiano il passare del treno che ti sta conducendo accanto ad altri compagni di incertezze verso la solitudine che una metropoli ti garantisce sempre. L'ombra di quella fredda galleria ti oscura i pensieri. C'è un passaggio improvviso da un silenzio di rispetto che si abbraccia alla stanchezza, a un caotico vociare di gente che ti ha già dimenticato, subito dopo l'ultimo gradino del convoglio. Come un astronauta che poggia il piede su un terreno sconosciuto, senza troppa voglia di trovare risposte a quella sua fuga. Mi fermai un attimo, vestendomi delle storie che molti film sull'immigrazione mi avevano riempito le sere. Cercai di leggere le stesse emozioni negli occhi dei pochi passeggeri che rimasero fermi ad aspettare che mi decidessi a compiere l'ultimo passo. "Tutto bene?" Fu una voce materna, quella di una donna dietro me con una valigia, sempre più grande dei sogni da contenere. Mi girai sfoggiando un lieve sorriso tranquillizzante. La donna ricambiò quel gesto di umanità gratuita. Poi l'aiutai a scaricare il fardello. Un grazie di reciproca solidarietà. Non l'avrei rivista più. Piccoli passi verso l'uscita, mentre milioni di altre persone sentivo smuovermi l'aria attorno a me. Il treno immobile accanto al mio indugio. Scesi le scale della metropolitana. Incredibilmente vuota, per qualche breve istante. Quando le luci dal fondo del tunnel cominciarono ad avvicinarsi, come in un gioco di illusione, centinaia di pendolari si materializzarono sulla banchina d'attesa. Poi fu solo un tentativo goffo di rimanere in piedi, come sospeso da una fiabesca corrente di sostegno, tra flussi magici che permettevano quel prodigio e lo sguardo a cercare il nome della successiva fermata. Era come stare all'Onu. Venivo catturato da fonemi dialettali delle nostre regioni periferiche, per passare a reminiscenze scolastiche tra discorsi in inglese e francese. Gli immancabili giapponesi, saliti a Duomo, a fotografarti anche l'anima. Una ragazza d'età scolastica che mi sorprese cedendomi mezza cuffietta, sotto le note di Sotto il segno dei pesci di un nostalgico Venditti. Scese qualche fermata dopo, riprendendosi la metà delle mie evasioni. Non la rividi mai. Neanche lei. Li raccoglierei tutti, ferroviere. I personaggi che ho incontrato. Un rendez-vous di sguardi interrotti. Di piccoli dettagli che mi sono rimasti in mente. Li convocherei in un raduno di ricordi, a riprendere i gesti lasciati in attesa. E vorrei conoscere le loro storie. Quelle che si sono trascinate negli anni per abbandonarle nelle realtà disilluse. E concederei un'altra opportunità di rientrare nel sogno, come ho fatto io per troppe volte inutilmente. Vorrei indossare i panni di un'entità superiore che riportasse davvero le lancette indietro e si soffermasse su quei momenti che non abbiamo saputo raccogliere come profonde e vitali tracce da seguire. Lo farei con la consapevolezza che ognuno potrebbe commettere gli stessi errori di valutazione, ripercorrendo gli stessi momenti futuri, come se tutto fosse solo frutto di scelte azzeccate. Fortunose, forse. Ingiudicabili, sicuramente.

"Non so se vorrei davvero ripercorrere gli stessi momenti" – si volta il ferroviere, staccando la sua attenzione dalle minacciose nubi oltre le colline dietro la ferrovia.

"Non lo so davvero. Viverli con l'esperienza del presente, come se questo garantisse la maturità a non ricadere negli stessi errori. Ma da dove viene questa esperienza? Se non dagli errori che ho commesso. Quella che svanirebbe nel momento stesso in cui mi ritrovassi a rivivere le stesse situazioni" – si avvicina, quasi a volermi annullare i pochi dubbi rimasti nella mia mente.

"E poi perché? Per rivendicare un privilegio che non ci siamo neanche meritato? A sfavore di chi? Di gente che forse lo meriterebbe di più. Gente che non ha mai chiesto nulla per paura di sentirselo rifiutato. È solo un modo per rinnegare, ancora una volta, il dovere di vivere, senza per forza porsi troppe domande. Un ruolo che non ci piace mai sin dalla nascita. Quel pianto liberatorio che accostiamo ad un urlo alla vita, potrebbe essere il suo rifiuto atavico che ci trasciniamo dalla storia dell'uomo. Si, hai ragione. Non sappiamo leggere i segnali che riceviamo tutti i giorni da quanto ci accade intorno. Davvero distratti. Troppo. E arroganti per pretendere che qualcuno ci ripeta il messaggio che non abbiamo voluto ascoltare. Sarebbe troppo comodo. Ed io provo una stanchezza da rinunciare volentieri a ricercare i passi che ho abbandonato in spiagge isolate".

So che ha ragione. Più di quanto riesco a riconoscergli. Ma chi si mette in viaggio per sfuggire un destino, non proverà mai questa rassegnazione. Te la porti dentro, in ogni attimo che vivi, anche in quello che questo ferroviere ha già cancellato dai ricordi. Si troverebbe appagamento, per quanto ottenuto e vissuto, senza pretendere altro se non il privilegio di esserci stato. Tra la gente che ti sfiora soltanto, tra quella che ti concede una pausa, tra quella che non dimenticherai mai. Senza un motivo apparente. Entra senza bussare nel tuo quotidiano e non ti rendi conto che sei proprio tu, per un motivo incomprensibile, ad avere lasciato quella porta aperta. Più spalancata da questo vento minaccioso che ci costringe ad isolarci dal resto di un mondo, che non rivendichiamo più ormai da qualche ora. Sono quei versi che accarezzano i nostri rimpianti, che lasciano coltivare altre speranze per confini da superare nella notte degli abbandoni. Quei momenti che si fanno vita, a grattare gli anni che abbiamo accatastato in inutili prese di posizione e i visi che ci sfuggono in un orizzonte sempre più sbiadito. È come affidare il domani a quell'insignificante dettaglio che racchiudiamo in un mese di nascita che, in un ulteriore folle tentativo, riteniamo esclusivo. Sì, so che ha ragione. Ma non starei qui a raccontargli la mia vita se non fossi ancora un illuso. Del contrario.

14

Tre lettere incise sulla parete...

Certe violenze bisogna condividerle. Non fisicamente. Basta solo esternare la rabbia che il gesto, le parole, lo sguardo subìto risveglia dal nostro istinto animale che se provocato, dovrebbe reagire. Non ero in grado farlo. Non lo sono stata mai. Da piccola mio padre ogni tanto mi rimproverava. Non mi chiedevo mai se ne avesse i giusti motivi. Neanche ascoltavo le sue paternali. Mi concentravo su quanto pretendeva che io facessi. Lo eseguivo senza chiedermi mai se fosse giusto o sbagliato. A volte questo lo faceva incazzare di più. Si sentiva preso per il culo. Era soltanto il mio modo di essere. Con questo atteggiamento passivo rischiavo davvero una risposta più decisa di mio padre. Non lo fece mai. Le figlie femmine hanno questo carisma nei confronti dei padri. Inibiscono la violenza assopita che esplode in altre occasioni. Con le figlie non ci riescono. Quasi mai, almeno.
Non potevo tenermi dentro per troppo tempo quelle doti di lavoratore ed educato ragazzo del mio *zito*. Dovevo dirlo a qualcuno. Non avevo amiche con le quali confidarmi. La mia storia di coppia non prevedeva scambi

culturali con il mio stesso sesso. Non potevo fare confronti dai quali apprendere le nozioni di donna che chiede un trattamento emancipato. Mi affioravano in testa le storie delle nonne. Le nonne che erano state donne. Compagne amanti di un sogno fuggito dalla guerra. Le promesse del futuro che la ricostruzione offriva alle giovani coppie. Erano finite ingrassate e vecchie a cinquant'anni. Decine di figli da crescere. Aborti della povertà. E quel sesso subito ogni notte. Dominate da amplessi silenti che non pretendevano carezze. Né parole. Anche le botte erano accessori di coppia. Per ogni pretesto. Per ogni frase azzardata a cercare famiglia. I mariti non si lasciavano. Grazia di Dio. Questa cazzo di frase che usciva dalle loro bocche serrate, aperte dopo essere rimaste vedove. Era come se avessero riconquistato un ruolo nella vita, prima ancora che con se stesse. Non si potevano abbandonare le violenze degli uomini. Il matrimonio saldava per sempre. Più di un giuramento davanti a un ministro di fede. Erano in grazia di Dio. E questo bastava per accettare tutto. Per subire tutto.

Non ero disposta a rimanere anch'io in grazia di Dio. Non potevo subire e tenermi tutto dentro i miei incubi notturni. Con mio padre provavo vergogna. Quel mio amato padre. L'uomo che cercavo nei miei compagni di vita, senza trovarlo. Dovevo raccontare il mio sgomento a qualcuno. Pensai che mia madre mi avrebbe ascoltato. Tornai a casa da un giorno di lavoro. Aprii in fretta la porta di ingresso. Uno strano silenzio avvolgeva le pareti. Anche il sottofondo della televisione, accesa ventiquattro ore al giorno, era svanito. Trovai in cucina mio fratello davanti una tazza di latte e una montagna di biscotti. Corsi verso la camera da letto. Mio padre era disteso per terra a fianco del letto. La faccia appoggiata al pavimento e le lacrime a scivolare lentamente sulla guancia. Lo sollevai di peso credendolo morto. Un rantolo di respiro soffocato mi restituì alla vita. Disteso con lo sguardo nel vuoto mi indicò un foglietto sul comodino. Era andata via. Per sempre. Le parole sulla carta rivendicavano un diritto ad una vita migliore. Un elenco di sofferenze subite ed umiliazioni che non ricordavo appartenessero alla nostra famiglia. La coscienza pulita di chi aveva rinviato negli anni quell'abbandono, in attesa che noi figli fossimo diventati adulti. Leggevo e rileggevo quelle poche parole, mentre mio fratello continuava a masticare biscotti in cucina. Senza nominarmi neanche in un piccolo pensiero, mia madre mi aveva indirettamente comunicato che il mio *zito* lavoratore ed educato rimaneva un mio problema. Abbastanza adulta da potermene occupare da sola.

Non piansi. Non per lei. Lo avrei fatto per mio padre. Forse lo feci. Un ricordo che ho voluto rimuovere dal mio passato. Mi distesi accanto assorbendo quell'odore di alcol che emanava ad ogni respiro affannato. L'alcol non fa dimenticare come erroneamente si crede. Certe cose non le dimentichi mai. Ad ogni sbronza smaltita, sono le prime cose che ti vengono in mente. Mi addormentai anch'io. Ubriaca di delusione.

15

Uno squarcio illuminante si abbatte sull'orizzonte del cielo nero, che da qualche minuto, ho cominciato a notare attraverso le finestre di questa stazione. Per un attimo distrae la mia narrazione, proprio mentre percorro i primi passi sul piazzale, dopo aver abbondonato i binari e i miei compagni di viaggio riemergendo dalla metropolitana di Milano. Fingo di non aver sentito il boato e di non aver visto lo zigzag di quell'incisione della natura che, ancora una volta, ci consegna un segnale di dominio che, stupidamente, pensiamo ancora di poter controllare. Noi, piccoli uomini, sul piedistallo di un'arroganza che, col passare del tempo, ci farà crollare al suolo. E come rubando un'altra battuta di un film, la presunzione dell'umanità ha già raggiunto un livello indefinibile il cui peso, il giorno in cui si schianterà per terra, provocherà il rumore assordante che forse nessuno avrà più modo di raccontare ai posteri. Percorsi quelle prime orme lentamente, come a volerle contare per un motivo indecifrabile. Il selciato si lasciava dominare mentre cercavo di immaginare i successivi minuti che, con un certo timore, avrei dilazionato di qualche attimo. Non molto diversa dalla mia, quella superbia di poter gestire un futuro sconosciuto, lasciando tutto e tutti per una città che già, da un primo contatto, mi aveva rinnegato. Provai a distrarre il pensiero ripetendomi a mente un riff di chitarra rimasto aggrappato alla mia confusione mentale. Tutto inutile. Come le parole ascoltate senza sentirle. Dialoghi dispersi in sguardi che non si incrociano, in attesa che qualcuno si stanchi di emettere l'ennesima sentenza. Quella che valga per tutti. E per tutto. Quella che non vale mai per noi. Perché sappiamo gestire con dotta oratoria le scelte degli altri trascurando le nostre.

"Ancora una volta mi hai scavato involontariamente un ricordo" - il ferroviere mi viene in soccorso in questo mio crollo di nostalgia, dove il dubbio incrocia la remora per soccombere insieme.

"Mi hai fatto tornare alla mente le donne a cui ho dato un attimo di riflessione. Quelle di cui ti ho già parlato. Anch'io mi sono chiesto molte volte cosa avrei potuto dire di più che altri non avessero già detto. Quali parole scegliere per riaccendere in loro una nuova speranza. Quali, se non riuscivo ad assorbire con il corpo, che subisce il dolore da prestare al pensiero, quella loro voglia di fermare il vento della collera di altri uomini, figli di un'altra scelta sbagliata".

Siamo su una stessa strada, io e il ferroviere. Forse sin dall'inizio di questa serata, come un appuntamento rinviato da troppo tempo, al quale non abbiamo avuto di affidare una nuova inutile scusa.

"Ma sapevo che avrei dovuto interrompere quel pianto disperato, mischiato a parole masticate nella sofferenza" - il ferroviere riprende con maggiore enfasi - "Sapevo che altro silenzio avrebbe schiacciato anche me sotto quel desiderio di rinnegare l'appartenenza a quel pezzo di umanità, che un'educazione di miti maschilisti, hanno definito sesso forte. Non avrei potuto offrire solo una spalla sulla quale riversare gli errori di intere generazioni. Dovevo osare di più. Confessare la colpa che gli altri avevano spergiurato, come un dovere a salvaguardia di un'unica specie da tutelare ed esaltare. Come se fosse stata l'unica a pretendere un diritto di esistere".

Sono catturato da questa ammissione di colpa, dalla quale non mi sento innocente. Ci sono frasi fatte che rimangono le uniche da pronunciare in certe situazioni. Quelle che si ripetono nel tempo, davanti all'impotenza di poterle mutare nelle procreazioni future. Mi soffermo su questo bizzarro contrasto. La mia storia che scivola da una goccia di condensa, scorrendo velocemente su questo freddo vetro che sembra proteggermi dai ricordi, più che dai tuoni ormai incalzanti, che giustificano quel nero incomprensibile oltre il limitato orizzonte di questa sala d'attesa. Sì, la mia storia, poggiata su una speranza di vita diversa, impunemente consegnata nelle mani di un sorriso infantile che mi ostinai a chiamare donna. In contrasto, una vita di femmina, vittima di sopruso legalizzato da una stupida cultura millenaria, che questo ferroviere mi consegna come stimolo di riflessione. Un altro squarcio nel cielo riesce a distrarmi, una conferma di scontate supposizioni meteorologiche. Superflua l'esperienza decantata dal ferroviere davanti all'evidenza di una natura aperta ad una libera manifestazione di potenza, alla quale, solo soggiacere estasiati. Mi sento al riparo in questa penombra interrotta, soltanto da frammenti di luce che lampi lontani emettono con un'intermittenza quasi regolare. Ritorno volentieri al mio viaggio meneghino, dal quale comincio a convincermi di poter costruire un nuovo punto di partenza. E mi ritrovo su un selciato opprimente, tra volti che scivolano in una frazione di secondo, soffocandomi un respiro condiviso con migliaia, non riesco neanche a quantificarle, di persone. È una forma di solitudine che veleggia a mezz'aria, mentre cerchi in quelle assenze uno sguardo da condividere. Non era la prima volta che provavo quel senso di smarrimento. Altre città, altri fonemi strozzati in gola, altri contatti sfiorati che imposero una richiesta di scuse, avevano raggelato entusiasmi eccessivamente azzardati di pertinenza ad altri esseri umani bisognosi, forse più di me, di scambi emotivi. Istintivi e necessari, che credevo di poter pretendere. Milano non è Roma. Ripetei il concetto senza rifletterci troppo. Un altro istinto a ribadire una certezza acquisita. Milano ti spinge a guardare in alto. A cercare l'aria tra i suoi palazzi futuristici, a stretto contatto con i secoli di storia nascosta nei suoi musei. Roma mi aveva lasciato una sensazione di spazi aperti, forse anche più opprimenti, da un vuoto che la mia inesperienza non era riuscita a colmare. Con questi pensieri, quasi campanilistici, proseguivo il cammino in cerca di un crocicchio dove incontrare me stesso, prima ancora del motivo del mio viaggio. Cominciai a ripercorrere frammenti di scene da film, o pagine di libri accatastati al bordo di un giaciglio di fortuna, sul qual poggiare i sogni da strappare a quei fogli e a quelle immagini. E come le altre volte che avevo detto a me stesso che l'uomo ha saputo superare la fantasia dei creatori di sogni, edificando realtà più crudeli ma anche più piacevolmente imprevedibili, quel nome incompleto sul muro di questa stazione, quel giorno prese vita a dieci metri dalla mia spossatezza. Nessuna parola a infrangere quell'inaspettato incantesimo. Disegnai con gli occhi il contorno di orizzonti marini che l'estate ci regalava ogni anno, sfiorando con lo sguardo il biondo cenere dei suoi capelli. Poi solo un contatto, lunghissimo e rispettoso. Un semplice abbraccio a togliere qualsiasi cenno di disagio. A volte ci vuole davvero poco per sentirsi umani.

16

Tre lettere incise sulla parete...

Quando senti l'abbandono che abbraccia un già collaudato senso di solitudine, non ti rimane molto da scegliere. Ti aggrappi al carnefice perché è l'unico approdo al quale puoi affidare una parte di te che, senza renderne conto, è già di sua proprietà da molto tempo. Quel mio *zito* era dentro casa nostra da un tempo sufficiente per essere messo all'oscuro della parte finale di una storia mai nata. "Puttana" – fu la sua unica arringa. So che non fosse rivolta solo a mia madre. C'era un sottofondo nascosto che sapeva di naturale familiarità. Le donne ereditano senza successione quelle etichette che racchiudono tutto il mondo femminile. Qualcuno mi aveva chiesto, non ricordo chi, perché le donne scelgano sempre i bastardi come compagni di vita. Un'attrazione verso un rapporto sporco con il quale confrontarsi. Talvolta per sempre. Ho seguito quell'istinto celandomi dietro quella mancanza di equilibrio mentale che un padre, aspirante suicida, un fratello radicato all'infanzia e una madre che aveva già modellato un nuovo stile di vita, avevano insieme condotto il mio destino verso una rassegnazione che qualcuno preferisce chiamare depressione. Cercai anche la sua violenza per provare a respirare un'alternativa. Non cercava di meglio. Una vittima disponibile e passiva con la quale giocare all'uomo dominante in una società che ha smarrito i suoi ruoli. Era come scontare una condanna della quale non conoscevo l'accusa. Sentirsi in colpa per l'indifferenza degli altri. Identificarsi con il motivo che ha dettato le scelte. Quelle di quella madre rinnegata che era uscita di casa senza preoccuparsi di chiudere la porta. Dovevo trovare la forza per impedire a mio padre di ritentare l'azzardo. Dovevo crescere, sostenendo un ruolo di donna che non mi si addiceva. Necessario in attesa che altri avessero preso coscienza di quanto stavo vivendo. Non lo speravo realmente né confidavo troppe aspettative verso il resto della famiglia che mi era rimasto. Sapevo però che avrei dovuto dividermi e rinascere ogni giorno in un nuovo soggetto a seconda delle esigenze del momento. Monologhi davanti alle bocche serrate di chi non aveva più voglia di pronunciare frasi banali di consolazione. Non mio padre, attaccato a qualsiasi bottiglia gli capitasse sotto mano. Non mio fratello, intento a rimanere bambino credendo che questo gli avrebbe impedito per sempre di dover dire la sua.

La mattina aspettavo che la casa si svuotasse, aspettando che l'ultimo rumore molesto quietasse il mio sonno interrotto. Poi mi alzavo e spalancavo l'armadio spulciando tra le tracce di mia madre. Estrosità che fuoriusciva dalla polvere dei ricordi. Cercavo una giustificazione che desse un senso a quella fuga senza prigionieri. Osservavo quei vestiti che sembravano usciti da una vita da strada. Gonne corte che neanche io avrei avuto mai la sfrontatezza di indossare. Quelle maglie a mostrare la puttana che ogni donna sa interpretare quando decide di dominare il mondo. Forse aveva ragione il mio *zito*. Provavo a dare una svolta di natura innata esternata al momento giusto. Cominciai a temere anch'io di potere emulare quel modo di essere, come un'indole dalla quale non potersi sottrarre. La sera uscivamo a berci l'illusione di una vita normale. Il mio *zito* mi mostrava la sua ennesima auto sportiva. La musica sempre ad alto volume. Le sgommate all'uscita dei semafori rossi. E poi, su quelle auto che non ricordavo neanche il colore, lui faceva l'amore, mentre io contavo i minuti che mi dividevano dalla porta di casa. Rientravo sempre tardi, a volte dopo uno spinello purificatore che copriva l'odore di quel seme senza amore che avvelenava il mio corpo. Una mandata di chiave per farmi sentire protetta. Non so bene da cosa o da chi. La nausea che provavo in quel rapporto artefatto si mischiava ad una strada segnata da mia madre, che rischiavo di ripercorrere nonostante i miei passi incerti. Mi spogliavo nel buio del sonno affannato di mio padre e il guscio già richiuso da qualche ora di mio fratello. A tentoni riconoscevo la sagoma del letto. Mi immergevo fino a coprire anche la testa e mi sforzavo a chiudere gli occhi per riprendere il miraggio notturno sospeso la notte precedente. Sognavo la mia umida spiaggia, le mie lucciole-barche e quella spalla d'amico dove appoggiare la testa per scambiarci innocenti emozioni, lasciando a casa i cattivi pensieri.

17

"Non impariamo nulla dall'esperienza. Mai" - il ferroviere sembra distaccarsi dal mio racconto, come a seguire
un pensiero che lo affligge da tempo.
"Sono solo parole incise sul legno, sì, proprio come quelle che ignoti visitatori abbandonavano in queste sale
d'attesa. Tutti ad impartire lezioni, come se qualcuno
possa ancora permettersi il lusso di lasciare una traccia
da seguire. Ma poi, le parole non riescono a trasformarsi
in fatti, perché a quel punto occorre il coraggio. E forse
io per primo non l'ho avuto, nei momenti importanti che
lo pretendevano".
Lo guardo nella sua sagoma in controluce che mi impedisce di vedere la consistenza di quelle grosse gocce di
pioggia che, adesso insistenti, ritmano le nostre confessioni alternate. Un tamburellare sincopato che, involontariamente, ci consente di prenderci le giuste pause per
riordinare i ricordi e scegliere le scene migliori da impersonare con le parole. Indugio se riprendere a raccontare da quella scena d'incontro in quella strada sconosciuta di Milano. Attendo con pazienza che il ferroviere
completi il suo pensiero, ancora una volta, molto simile

ad un anatema. Si volta verso la finestra, violentata dalla pioggia. Scruta nuovamente quel cielo minaccioso con movenze che sembrano rivendicare la sua preveggenza.

"Non è pioggia normale, questa" - un'altra sentenza da interpretare. "C'è troppa rabbia che si accanisce sui vetri. Qualcuno sta presentando il conto e ci ha colti impreparati".

Non riesco a tradurre le sue parole in emozioni vissute, non riesco a comprendere o ad immaginare a chi siano rivolte. Uno strano senso di colpa mi fa pensare che sia proprio io sul banco degli imputati, ma non ne riconosco la colpa della quale dovrei difendermi. Forse è solo stizza verso un passato che, molto centellinato, sta riconsegnando a sé stesso prima che a me. Un'identica tattica che provo ad emulare, accettando il baratto di pause di riflessione. Un altro squarcio del cielo. Il rumore diventa assordante, quasi a fare sospettare che, adesso, siano pietre di ghiaccio ad infrangersi sui nostri racconti. Si volta con incedere lento, quasi rassegnato a questa latitanza di notizie che avrebbe preteso di ricevere da un suo ideale quartier generale.

"Una sera venne un'altra donna" - zittisce i miei indugi, impedendomi di controbattere.

"Si presentò qui, una sera d'inverno. Il volto nascosto da un'immagine di dolore. Aveva tre ragazzini con sé" - è un ricordo lucido, quasi tangibile, anche adesso a distanza di tempo.

"Le chiesi dove dovesse andare, pensando di doverle vendere dei biglietti. In risposta, si sedette rimanendo in silenzio" - lo ascolto senza interromperlo.

Leggo nelle sue frasi, brevi e asciutte, una voglia di parlare di questa storia, come un'ispirazione improvvisa che avrebbe meritato di essere messa per iscritto.

"Furono momenti di forte disagio, davanti a quel mutismo della donna e agli occhi remissivi dei suoi tre figli" - il ferroviere riprende la sua storia, facendomela toccare con mano.

"Lessi in quella scena di abbandono collettivo, un arrovellarsi di dubbi e ripensamenti, combattuti e infiniti, tanto da aspettarsi da me la loro scelta di vita".

Una situazione che si ripete, nelle vite di tutti. Una responsabilità non richiesta che molti pensano di dovere riconoscere agli altri.

"Ma chi gliela aveva chiesto?" - il ferroviere sembra aver letto il mio pensiero.

"Chi l'aveva spinta quella sera a venire a consegnarmi la sua vita e, forse, anche il destino dei suoi figli? Sono quei contatti, quelli che ne conosciamo l'esistenza, ma fingiamo di poter eludere appagando un bisogno di solitudine. Non ero pronto ad assumermi quell'incarico non previsto. No, non fu solo egoismo. Qualcosa che gli assomigliò molto, forse. In quel momento non mi feci catturare da uno scrupolo di coscienza. Si, forse, fu solo autodifesa".

Aspetto che riprenda il fiato, sempre più corto davanti al suo processo interiore del quale mi sta rendendo complice. Sono aiutato da questo temporale insistente, che non accenna a diminuire.

"Ci furono lunghi momenti di attoniti scambi di incomunicabilità che si incrociarono, senza alcuna voglia di esternare una confessione da parte di quella donna, né di restare ad ascoltarla, da parte mia. Con l'immaginazione tracciai una linea invisibile sulle sagome di quei ragazzini che sembravano chiedermi il perché si trovassero lì, davanti a questo strano individuo in divisa. Quella linea immaginaria percorreva le scarpe di quello che giudicai più piccolo, poi saliva su, lungo quel corpo indifeso costretto a crescere in fretta, troppo in fretta. Poi si spostava lungo il profilo delle teste dei suoi fratelli fino a spegnersi come un miraggio, sulla sagoma della madre, rimasta a sedere. Fu il mio tentativo di estraniarmi da quella disperazione che mi trovavo di fronte, ogni qualvolta sfioravo lo sguardo di quei disperati con il mio".

Non è facile ammettere i propri limiti. In una circostanza simile. In qualsiasi altra che ci vede costretti ad accantonare le arroganze, le prepotenze di una stupida sicumera che crediamo di avere in aiuto a tempo indeterminato. Lo percepisco dal tono quasi di pentimento, che quest'uomo non nasconde volontariamente, quasi a pretendere una giusta condanna. Meritata, se c'è davvero qualcuno che se la sia guadagnata.

"Tornai al mio ufficio con la scusa di dovere rispondere ad un richiamo al lavoro. Senza voltarmi" - il ferroviere sta per crollare, come un colpevole di un reato occasionale che, davanti allo stravolgere della propria esistenza, si libera dalla schiavitù del rimorso.

"Sentii la porta della biglietteria chiudersi dietro a quella richiesta d'aiuto che non volli ascoltare. Poi furono soltanto pensieri confusi e la necessità di concludere un turno di lavoro senza troppi rimorsi".

Un colpo secco contro il vetro. Non comprendiamo se sia stata la grandine o un altro ragazzino da educare che abbia lanciato una pietra contro la nostra stanca nostalgia. Il ferroviere esce di scatto, spalancando la porta. È il suo mestiere. Gli tocca come un riscatto alla sua coscienza. Riapre la porta qualche minuto dopo.

"Era distesa lì. Proprio sul binario qua di fronte. Trovarono i figli immobili, sulla banchina del treno, con la stessa espressione assente del giorno prima. Ancora silenzio, nella vita indifesa di tre innocenti. Non unici. Non ultimi".

Perché mi hai raccontato questa storia? Perché mi trascini dentro una tragedia che avresti potuto raccontare a chiunque, senza aspettare un nostalgico vandalo che non riesce a fuggire dal suo passato, più di quanto sia disposto a condividere con qualsiasi altro? Neanch'io ti ho chiesto una parte da spettatore, come non te la chiese quella donna, quella maledetta notte. Hai scelto per tutti, come se fosse un tuo diritto da rivendicare. Come quello che condusse quella madre a chiederti una scelta di vita che aveva dimenticato da tempo di dover fare. Lei si assunse quella pesante responsabilità di accarezzare le teste dei suoi figli, tutte insieme, in un unico destino che aveva deciso di disegnare per tutti. Il ferroviere rimane immobile ad assorbire le mie accuse, senza chiedere comprensione né sconti di pena. Non ho intenzione di dividere una parte della sua coscienza strappata e mischiarla ai miei sensi di colpa, concedendogli una porta d'uscita. Tu, come se ogni parola fosse già sabbia modellata dalla mano di un bambino, stai usando lo stesso errore di quella donna, per consegnarmelo a pretesa di un male comune che non riuscirà a consolarti. Cosa pretendi che io ti dica, per provare a dimenticare per sempre un attimo di distrazione che ti trascinerai per sempre dentro una filosofia di vita da rinnegare alla prima occasione? È questo che ci accomuna tutti. Dentro un artefatto calderone di umanità, destinata a contraddirsi davanti a problemi glissati negli anni, come una barriera difensiva che dovrebbe proteggerci per sempre, non troviamo quel fottuto coraggio che hai menzionato prima. Perché non lo cerchiamo realmente. Perché non lo vogliamo davvero. È solo un furbo stratagemma per distaccarsi da una realtà scomoda. Si, è vero. Poi volgiamo lo sguardo verso gli esseri umani che abbiamo deriso e snobbato con stupida arroganza. Li osserviamo con gli occhi della compassione, che vorremmo ci venisse riconosciuta. È un altro patto non sottoscritto. Regole improvvisate sul momento, a seconda delle paure scivolate per terra che non riusciamo più a modellare nelle nostre povere realtà. Li chiamiamo contatti umani, ma non ne conosciamo la percezione. Scambi di insistenti silenzi, da non scalfire per paura di doversi esporre con le nostre umane debolezze. Non lo so cosa avrei fatto al posto tuo. Non lo so, meno di quanto lo sapessi tu che hai vissuto quel momento. Che importanza avrebbe poi? Un altro punto di non ritorno, dove ogni se, non renderà meno grave il rimorso.

"Perché c'è un momento che devi realmente sentirti umanità" – prosegue il ferroviere con la voce strozzata di chi ha ormai accantonato qualsiasi freno inibitorio - "e non c'è altro modo se non consegnare agli altri un frammento della tua vita, che ti sei ostinato di tenere nascosto per troppi anni. Non dico sia facile. Non lo è mai. Se ci rifletti un attimo, è quello che stai facendo tu da quando abbiamo avviato questa forma di confidenza non prevista. Chi, o cosa, pensi ti abbia potuto spingere a trattenerti qui, violando qualsiasi ritrosia che, con troppa sufficienza, ti sei accontentato di chiamare solitudine? La solitudine non è un aspetto aleatorio che ci troviamo ad intralciarci un ipocrita quieto vivere. È una scelta di vita. Consapevole, con tutte le conseguenze di questa scelta. Ponderate, affidate a qualsiasi divagazione. Col tempo, poi, riavvolgiamo i momenti e ci illudiamo che il tempo li renderà più sopportabili".

Lo sfuggo per un attimo, perché ha questa grande capacità di ribaltare un'accusa in uno spunto di riflessione. Sono costretto a rimanere ad ascoltarlo mentre ho lasciato in sospeso il mio viaggio a Milano.

"A volte è sufficiente solo crederci. Non come un atteggiamento di comodo che non trova altre risposte, se non nell'adeguamento. È quella lenta costruzione di certezze che spingono a pensare che non possano esserci particolari alternative nelle decisioni, nelle possibilità di come viverle, nell'assegnare un valore diverso a quelle circostanze che, se solo avessimo l'umiltà di ammetterlo, non sono e non potranno mai essere realmente diverse da quelle che, chi ci ha preceduto e chi ci seguirà, ha dovuto e dovrà affrontare come un progetto già scritto. Non ha neanche importanza da chi".

Un altro spunto di riflessione. Me ne fa dono come di chi, nonostante tutto, mi debba ancora qualcosa. Forse è riconoscenza. Semplice ed innocua riconoscenza. Un sentimento nobile e semplice che si preferisce eludere per provare a dare un significato più smisurato ad un disagio. Quello che ci costringe a quei contatti sfuggiti, ma che riscopriamo sempre quando meno ce lo aspettiamo. Non avevo previsto questo sviluppo, questo baratto emotivo di menti disposte a schiudere vecchi cassetti della memoria. Per la prima volta, da quando ho accettato questo compromesso di parole, mi accorgo di provare un sottile benessere ad avere ripercorso frammenti personali di emozioni, custoditi non più così gelosamente, di ricordi. Per la prima volta sento di sviluppare e lasciare il giusto spazio alla voglia di giungere al capitolo finale di una storia. Da condividere. Si, come questa tempesta di pioggia che ovatta il nostro dialogo. Come quest'attesa senza fretta di un convoglio del quale, ormai da diverse ore, non abbiamo alcuna notizia. Un'astinenza di notizie volontaria? Forse, non credo che ci sia stato un attimo che la determinazione di un dovere di ruolo, come questo che finge di interpretare il ferroviere, abbia realmente prevalso sul bisogno di incrociare i rimorsi di due vite parallele. Come questi binari, nascosti dalle fittissime gocce di pioggia che, attraverso i vetri, riesco adesso soltanto ad immaginare.

"Mi è venuta voglia di un altro tè esotico da sorseggiare" – sorride mentre avanza quest'ipotesi di distrazione, malcelata da un vezzo fuori luogo in questa insolita situazione che ci sta imprigionando.

"Non credo ci sia molto da fare. Il maltempo ha preso il sopravvento e non ho voglia di impersonare la parte dell'eroe da ricordare nei commiati di un futuro pensionamento. Preferisco attendere che qualcuno, finalmente, prenda coscienza delle condizioni di abbandono, l'ultimo dei funzionari ferroviari è costretto a rassegnarsi, in attesa di un falso efficientismo da emulare" - pronuncia queste parole con volontà di manifestare un burocratico contegno che non pretende di celare la voglia di ridarmi la parola e strapparmi qualche altro particolare della mia narrazione.

"Vado a prepararlo" – un'altra prima volta.

Non aveva avuto, nelle precedenti occasioni, sentito l'obbligo di comunicarmi con anticipo le sue intenzioni. Avverto una fuga strategica da quella recente improvvisata confessione. Ha già deciso di rinviare il discorso, almeno per il momento. E lo ha deciso anche per me, ancora una volta. Dovrò riprendere il racconto, se voglio costringerlo a ricambiarmi la cortesia.

18

Tre lettere incise sulla parete...

Ci si abitua a tutto col tempo. Alle offese motivate sempre da un'incazzatura provocata dalla stupidità degli altri. Era così che mi etichettava il mio *zito* quando si provava a dialogare. Per essere precisi, io vagavo con la mente verso viaggi più appaganti accanto a nuovi compagni disposti a rimanere ad ascoltare, lui interpretava un altro monologo, ritrito e superbo di chi crede di avere sempre qualcosa da insegnare alla sua donna. Quel mio annuire laconico gli dava la sicurezza di stare dalla parte del giusto. Non me ne rendevo conto. Non almeno le prime volte. La fuga di mia madre gli aveva dato più forza. Quella che aveva sfatato gli eventuali dubbi che potesse avere agito con eccessiva veemenza. La mia posizione di sudditanza era stata schiacciata del tutto da quell'abbandono imprevisto. Afferravo confusamente le sue calunnie verso la suocera che, ironia della sorte, lo aveva enfatizzato in qualunque occasione. Quelle accuse non erano dirette verso quell'assenza utilizzata a proprio vantaggio per sostenere le sue filosofie di vita. Ero io la luce in fondo al tunnel. Quella da spegnere quando la noia lo assaliva anche del mio corpo. Quella da accendere quando ci si ritrovava in mezzo ai suoi amici, da mostrare come fenomeno da baraccone. Quella da offuscare quando le eccessive attenzioni dei presenti si concentravano sui miei progetti futuri.

Ci si abitua davvero a tutto col tempo. La mente non trova la forza per ribellarsi. Una strana monotonia quotidiana smorza qualsiasi ambizione. È come convincersi che niente possa mutare il domani. Si finisce addirittura per essere grati per quanto ricevuto, come a non esserne nemmeno degni. Degni di quella violenza gratuita, di quell'annullamento mentale, di quel vuoto esistenziale che mi convinceva che avrei dovuto scontare gli errori commessi, quelli che presi a prestito da mia madre per farli miei. Il crollo psichico e fisico di mio padre aveva annullato qualsiasi mia indole di disubbidienza, tante volte rimproverata nel mio carattere. Mi chiedevo se fossi stata mai realmente l'adolescente vivace che troppa gente mi riconosceva come forza e limite della mia personalità. Era come avere stralciato per sempre un pezzo del mio passato che nessuno mi avrebbe restituito. Accettavo passivamente questo mio nuovo ruolo, indossato come l'unico possibile. Ci sarebbe voluta troppa forza interiore per sostenere contemporaneamente le debolezze degli altri, prima ancora che quelle che sentivo sopprimermi giorno dopo giorno.

Un giorno arrivò quella busta che cambia la trama di un film. Me la rigirai più volte rifiutando la parte dell'attrice protagonista. Finii per riporla in mezzo ai libri di scuola che mi piaceva conservare come illusione infantile di fermare il tempo. La ripresi una notte di ennesima sbronza da smaltire, quando si guarda la sveglia sul ripiano in soggiorno senza riuscire a leggerne l'orario. Stordita da qualcosa che forse avevo fumato, ma troppo confusa per averne un ricordo preciso. Quasi inciampando su me stessa mi ritrovai con gli occhi a fissare un libro di grammatica ancora cellofanato. È strano come in assenza di lucidità, qualcuno di immateriale ti guidi verso il destino. Forse è solo frutto della fantasia o l'esigenza di una presenza mistica che possa dettare le nostre scelte. Anche in quella occasione mi piacque poterlo credere. La mano guidata da questa forza sconosciuta si ritrovò a strappare il lembo della rivelazione. L'estate aveva deciso di nutrirsi dei mesi del distacco e di venire a propormi una tentazione di riscatto. Con la mente mi ritrovai ancora un momento distesa sulla ghiaia inumidita dalle parole che volevo ascoltare. Il contatto che diventa cenno di intesa. Avvertii la stranezza di traslocare quella sensazione a chilometri di distanza. Fuori stagione. Non so cosa mi sarei aspettata da me stessa. Quale reazione e quale fantasia da centellinare nei giorni che mancavano a quell'incontro. Perché quell'incontro ci sarebbe stato. Di questo non avevo alcun dubbio. Non pensai neanche per un momento quali pensieri avrei scatenato a quel mio compagno di giochi che aveva deciso di saltare lo Stretto affidandosi all'ignoto. Si diventa egoisti quando la lacuna affettiva diventa consuetudine. Più importante concentrarsi su quanto si riceverà dagli altri.

La necessità annulla l'idea di futuro che, senza saperlo, si materializza negli occhi di chi ci guarda. Rilessi velocemente, sempre più intontita dai pensieri e dalle ore notturne. Poi ripiegai la lettera custodendola sotto il cuscino. Un altro bisogno di contatto fino alla prossima sbronza.

19

Mi ritrovai davanti a quella sagoma familiare di donna, acerba da un'irrefrenabile voglia di fermare il tempo. Ricordo dei jeans corti da mostrare le caviglie e un cappuccio di felpa a nascondere l'imbarazzo. Fuori stagione, come i pensieri che avvolsero le nostre menti, senza il coraggio di liberarli da troppi mesi di distacco. Ci ritrovammo dentro un'altra metropolitana, in piedi l'uno accanto all'altra, a sfuggire gli sguardi perdendosi in quelli assenti degli altri passeggeri. Fu come vivere la vita di un altro, in attesa che qualcuno tra noi facesse la mossa del disgelo. Una brusca frenata mi consentì l'onere di un contatto più intimo. Sentii la sua mano afferrare la mia che le impedì di cadere. Un sorriso. Poi le mani rimasero unite fino alla nostra fermata. Salimmo le scale che ci riportavano alla luce, ovattando i rumori molesti di quelle vite invasive che ci strattonarono fino all'uscita. Passi lenti nel silenzio, lungo quei marciapiedi tra palazzi che non memorizzai. Le camminai accanto, non ricordo per quanto tempo. Senza chiedere. Certe esperienze dovrebbero essere sufficienti a placare quella stupida ricerca dell'intangibile che ci assale quando i pensieri sono ancora ambizioni da soffocare col tempo. Inseguire l'impossibile come un incubo notturno di un bambino. Risvegliarsi credendo che quel brutto sogno sia l'unica verità possibile. Mentre basterebbe fermarsi a quelle emozioni che ci hanno zittito e narcotizzato le arroganze. Senza chiedere altro.

"Si chiama umiltà" – il ferroviere versa il suo ultimo magico infuso e mi porge la tazza, eccessivamente riscaldata dalle sue parole.

"Umiltà. Puoi provare a coniare le più fantasiose parole per descrivere quel tipo di stato d'animo. Umiltà è quella giusta. Ma anche in quei casi occorre il coraggio di non farsi distrarre da quelle 'stupide' ambizioni che hai citato. La vita a volte è più semplice di quella alla quale crediamo di doverle una perfezione" – sorseggia con prudenza, appannando il vetro mentre scruta, ancora una volta, quel cielo che sta squarciando l'anima.

Tuoni si intervallano a brevissimi secondi di bagliori accecanti. La sua sagoma si riflette sulla parete opposta disegnando una figura inquietante. Non la temo, ho solo voglia di aggrapparmi al mio racconto interrotto.

"Se solo si sapesse dare il valore giusto alle esperienze, non perderemmo il nostro tempo a inseguire inutili obiettivi. Non si vivrebbero anni aspettando ricompense, senza neanche dubitare di averle meritate".

Molte volte non comprendo se parli a sé stesso o se sia il solito ammonimento nei miei riguardi. Seguo il suo sguardo che fugge oltre le colline illuminate dai lampi, mentre riscaldo le mani a contatto con la tazza.

"Continua la tua storia. Ho voglia di ascoltare, più di quanto non abbia mai fatto nella mia vita" – mi esorta quasi sottovoce, sbuffando l'eccessivo calore del suo prezioso infuso.

La guardavo, un passo avanti a me, con orgoglio. Seguivo quel ricordo estivo con la sensazione di una distrazione cittadina, opprimente, senza difesa tra queste strade infinite, lontane dalla mia spiaggia protettiva e il mio mare. Il mio mare, quell'orizzonte salino che solo io, ogni tanto, mi illudevo potesse nascondere le mie umane insicurezze. Da solo, ero lì a sfidare il gioco degli adulti, cercando in lei una complice al mio azzardo. Intorno a noi un fastidioso rumore di selciato calpestato. Come stai? Le mie uniche parole in cerca della sua voce. C'è un errore frequente che mi capita di commettere con eccessiva sufficienza. Uno di quelli che, dato per scontato, penso di avere in comune con molte persone. Non ha importanza se le abbia effettivamente conosciuto di persona, o le abbia soltanto sfiorate in circostanze casuali di un trascorrere del tempo che stimo ingenuamente come ripetitivo e banale. È un errore che si commette senza la malizia di chi sa che non potrà facilmente porre rimedio. Dare per scontato che ciò che immaginiamo possa venirci dagli altri sia in ogni caso una manifestazione di positività. Un credere non giustificato da una realtà che ci contraddice alla prima occasione, che le persone che conosciamo da tempo, possano sempre restituirci un modo di essere prevedibile e immutabile. Una misera illusione che niente e nessuno potrà cambiare col tempo, dopo averci consegnato una sorta di certezza alla quale aggrapparsi per sempre. È un errore imperdonabile perché ci prende alla sprovvista e, in un tempo brevissimo, ci sbatte in faccia la realtà scomoda e inaccettabile del contrario. Assoluto contrario rispetto le nostre aspettative. È crearsi un ideale di monotonia necessaria che ci dà consolazione. Un ripetersi infinito di situazioni e di risposte certe che, per anni, abbiamo pensato non dovessero mai scalfire la nostra difesa contro gli imprevisti che destiniamo agli altri. Un'immunità ad una inaspettata variante del nostro quotidiano. Mai realmente preparati per affrontarla. Invece, tutto è soggetto a mutamento. Lento, quasi impercettibile. L'ho notato di più proprio con chi ho creduto di conoscere meglio. Che ho creduto conoscesse me. Incontri occasionali, o trascinati dall'infanzia, che il tempo ha trasformato in più profondi rapporti umani. Quelli ai quali ho consegnato un pezzo della mia vita, come una custodia da proteggere e rinviare al futuro, dove ho pensato davvero di ritrovare le stesse amicizie, gli stessi personaggi che, senza saperlo, mi hanno aiutato a crescere. Il tempo mi ha restituito una diversa percezione di quanto ho vissuto nei decenni di distacco da una realtà, che è sempre esistita solo nella mia mente. Non riconosco più nessuno di quei ricordi infantili. Perché non riconosco neanche me stesso. Rinnegarlo è solo un comodo modo di spergiurare un'evidenza. Rifletto su queste considerazioni, mentre avverto il disagio di essere rimasto solo a ritmare la percussione della pioggia sui vetri. Quel nero sullo sfondo che nasconde l'immaginazione di vedere oltre queste fredde mura di un'inutile attesa. Sento il ferroviere armeggiare al di là della parete, avvertendo una tranquillità in questo mio vagare solitario della mente. Anni percorsi su recriminazioni e certezze di una rassegnata presa di coscienza che le domande appartengano al presente e mai al passato. Le sue sono domande del presente. Non può più rinviarle in attesa che qualcuno gli ordini cosa fare. Chi chiamare, quali sensi del dovere assecondare. Torna bruscamente, sbattendo violentemente la porta dopo averla attraversata. Quel rumore irritante si confonde per un momento con un altro tuono che illumina la scena opaca di questa stazione. Rimaniamo come un fermo immagine impressionato da un flash su una vecchia pellicola. In quell'istante ci ritroviamo di fronte ad aspettare un segnale che ci distingua ancora una volta, tra la mia storia singhiozzata volontariamente che non riesce più a scivolare su questi vetri appannati dal nostro disagio, e la sua tentazione di mollare questa stazione e cercare una risposta che giustifichi il suo ruolo.

"Ho provato a chiamare. Non risponde nessuno" – mi comunica queste brevi informazioni con la stizza di chi non ha più la pazienza di attendere disposizioni gerarchiche.

"Credo che avrai tutto il tempo per finire il tuo racconto. Sarà una lunga attesa questa notte. Non penso che avremo molte notizie su questo treno fantasma che aspettiamo da troppe ore. A meno che non..." – non finisce la frase, afferra il cellulare e prova a coinvolgermi azionando il vivavoce.

"Pronto... pronto?" – un gracchiare metallico risponde a sillabe. Poi si interrompe la comunicazione.

Il ferroviere si lascia andare ad una imprecazione che gli restituisce un'immagine spogliata dalla divisa. Non è più il momento di inutili formalità. Si siede in una delle panche in penombra. La mano appoggiata sulla tasca che custodisce il telefonino. Appoggia la testa all'indietro, come un passeggero che sente il bisogno di addormentarsi. Rimane così per qualche minuto, mentre guardo la pioggia al di là del vetro che non ha nessuna intenzione di uscire di scena.

"Ci hai fatto l'amore?" – me lo chiede mantenendo quell'assopita posizione, gli occhi chiusi a scacciare il pudore per avermelo chiesto.

Arrivammo a casa, senza che lei avesse risposto alla mia unica e stupida domanda. Come stai? Entrammo e mi ritrovai dentro il luogo comune di un rito di presentazioni. Mi disse anche il nome ma non lo udii, quando aggiunse che stavano insieme da tre anni.

"Non hai risposto alla domanda" – mi interrompe il ferroviere – "Ma forse non sono affari miei".

Non gli strinsi la mano. Lo ricordo bene che non lo feci. Con una scusa chiesi dove potermi distendere a riposare. Un cenno con la testa mi indicò una stanza in fondo al corridoio. Mi accompagnò lei. Ci guardammo per un momento. Poi abbassò gli occhi e chiuse la porta uscendo dalla stanza. Mi accomodai sul letto. Un libro semiaperto, poggiato sul comodino, attirò la mia stanchezza. Lo afferrai cominciando a leggere sul punto lasciato in sospeso dal suo lettore. Un libro di grammatica dei tempi della scuola. Una copertina trasparente provava a proteggerlo dal trascorrere del tempo. Poche righe, poi credo di essermi addormentato. Mi risvegliai ad un orario imprecisato con la mano appoggiata su una pagina. Mi voltai su un lato, scostando il libro. Troppe emozioni in un giorno solo per porsi altre domande.

20

Tre lettere incise sulla parete...

La mattina che arrivò la telefonata era uno dei miei lunedì di riposo. Poche parole. Quelle importanti per comunicarmi il giorno di arrivo. Un ciao in dissolvenza chiuse la telefonata. Minuti interminabili di sguardo nel vuoto seduta sui miei pensieri. Cosa avrei detto? Cosa avrei fatto? L'attesa è il miglior momento della giornata. L'avrei incisa da qualche parte questa frase da citazione da spolverare nelle grandi occasioni. Magari l'avrei scritta sulla parete di un bagno alla stazione, immaginando sconosciuti lettori intenti ad interpretarla. Era un metodo stupido, forse anche infantile per allontanare il problema. Non avrei avuto molto tempo per ripassare a memoria i gesti, gli sguardi, anche quelli che avrei evitato, le frasi già ascoltate, l'ingenua e vera passione nel vivere il momento. Forse sarei rimasta in silenzio tutto il tempo. Aspettare la prima mossa alla quale sapersi adattare. Il mio *zito* notò quell'improvvisa distrazione. Pensai che sarebbe stato meglio metterlo al corrente di quella inaspettata visita. Le sue probabili reazioni erano un buon motivo per renderlo partecipe a quella semplice novità, che avrebbe almeno in parte suscitato un'emozione diversa da quella sorta di depressione che un rapporto forzato e una famiglia allo sbando mi accompagnava da mesi. Intanto mia madre mi aveva chiesto di vedermi. Trovai un'amica in comune ad aspettarmi fuori dal lavoro. Rimasi immobile mentre quella donna continuava a chiedermi, incalzando con i minuti la richiesta, cosa avrebbe dovuto rispondere. La congedai con una risposta sommaria ed evasiva, che rinviava nel tempo quell'attimo di ricercata redenzione, solo per nascondere la mia reale ritrosia a perdermi ancora in discorsi inutili e i tentativi, che non sarebbero mancati, di mia madre a portarmi nelle sue fantomatiche ragioni. Informai così il mio *zito*, tralasciando i dettagli. Mischiai i due *rendez-vous* nel mio racconto per creargli la necessaria confusione per non farsi un'idea ben precisa su cosa obbligarmi a fare e cosa no.

Un'altra settimana di attesa. Un'altra telefonata che mi indicava un orario approssimativo ma un giorno ben stabilito. Non mancai all'appuntamento che rispettai da sola, approfittando che il mio *zito* era fuori città per lavoro. Fu come ritrovarsi in uno dei tanti film che amavamo guardare in estate, prima di raggiungere la spiaggia e ritornare alla vita reale. Una di fronte all'altro. Uno spazio indecifrabile tra noi. Accanto a migliaia di persone che provavano a trovarsi. Non riuscivamo a guardarci negli occhi nello stesso modo che con disinvoltura facevamo in estate. Sentii le sue braccia stringermi con pudore. Come pressati da impegni impellenti che nascondevano soltanto un reciproco disagio, lo guidai verso la metropolitana. Temevo, non posso nasconderlo, il trascorrere di quei minuti come una coscienza sporca da giustificare. Chi ti domina la mente lo riesce a fare anche nell'assenza e a diversi chilometri di distanza. Ti sottrae la spontaneità dell'età che dovrebbe cacciare gli indugi. Si impossessa dei sensi del dovere, come ad essere obbligati a non tradire le aspettative. Si, non mi riconoscevo più dei desideri personali. Semplici sogni che la mia immatura strategia di affrontare la realtà non sentivo più di possedere. Ci sarebbe stato il tempo, inevitabile, di tornare alle sottomissioni. In quel momento avrei voluto soltanto far saltare l'impianto elettrico di quella minchia di metropolitana. Proprio *minchia* di metropolitana pensai, adattandomi a quella presenza siciliana che vedevo come unica distrazione. Bloccati in un giorno di follia apparente, saremmo rimasti dentro un altro tunnel senza uscita con la minima certezza che nessuno avrebbe notato i nostri sorrisi silenti a trasmetterci i pensieri, accantonati da troppi mesi.

Uno strattone improvviso del treno lo costrinse ad offrirmi il suo appoggio. Il mio un gesto ponderato, forse anche mal recitato, ma fu l'occasione da non perdere per ritrovarsi in una mano che sfiora. Che afferra, che trasmette, che pretende le risposte alle domande mai fatte. Non sarebbe durato a lungo quel momento di ritrovata intesa e complicità. La calca di un'indifferente Milano ci attorniava senza rispetto, incurante di quei due coltivatori di affetti repressi, mai così liberati al destino come in quell'attimo. Proseguii la mia guida, imparata a memoria negli anni dell'isolamento quotidiano tra milioni di meneghini che ogni mattina incrociavo, credendo che almeno loro avessero trovato una meta da raggiungere. Sperduta tra pensieri ancora acerbi, mi rendevo conto di aver delegato a quei mesi estivi la responsabilità di scelte definitive. Tra quelle gallerie opprimenti, illuminate in distorsione da quelle fredde lampade dei convogli, avrei dovuto prendere coscienza dei miei reconditi desideri e di chi scegliere come custode delle mie stravaganze. Qualcuno avrebbe dovuto parlare. Non aveva importanza chi. È strano come si è logorroici, a sproposito spesso, davanti alle luci notturne che si specchiano sul mare placato dal silenzio. Si annulla tutta questa prosopopea quando il destino ti obbliga ad esternare le debolezze. Qualcuno doveva parlare. Un semplice cenno di voce per provare a non fingere più. Come stai? Due parole sussurrate al disagio sentii aleggiare dalla sua bocca. Che avrei dovuto rispondere?

Proseguimmo tra quei palazzi opprimenti, più del nostro disagio che non riuscivamo a nascondere. Come se ci fossimo conosciuti in quel momento. Sarebbe bastato ripetere il rito delle presentazioni per completare quella scenetta recitata male. Pronunciare il mio nome, attendere che lui mi dicesse il suo. Forse una stretta di mano. Un sorriso di freddo compiacimento. E poi aspettare che uno dei due si incaricasse di formulare le domande scontate per riscaldare il dialogo. Non arrivammo a tanto pur essendoci spinti abbastanza su questa situazione

154

tediosa. Il destino, ancora una volta, ci creò l'occasione per perfezionare questa immaginaria interpretazione trasformandola in realtà. Giungemmo a casa guardandoci bene dal pronunziare qualsiasi parola. Accelerai il passo per abbandonare al più presto quel ruolo che non sentivo mio. Mi seguiva a qualche metro fingendo di essere attratto dall'architettura milanese di periferia. Salimmo le scale e, mentre mi accingevo a girare la chiave nella toppa, una mano misteriosa anticipò la mia mossa e spalancò la porta. Era il mio *zito*. E chi se non lui? Un nuovo padrone di casa senza invito. Dominatore delle discussioni familiari, della mia mente, della rassegnazione di mio padre legato ad un passato che non sarebbe più tornato. Di quel momento che sarebbe dovuto essere il mio. Il nostro. Il mio *zito* riuscì a condizionare anche quel momento informale. Quell'incontro fortuito tra due persone che si incontravano per la prima volta. Non ci furono strette di mano. Senza particolari rimpianti da ambo le parti. Durò qualche frazione di secondo. Il tempo per assecondare la richiesta del mio sogno interrotto siciliano che chiese un rifugio dove poter riposare. E rimanere solo. Avrei fatto lo stesso, credo. A volte fuggire i disagi è meno devastante che sforzarsi a viverli.

Il mio *zito* accennò un commento non richiesto. Continuò a parlare anche quando si rese conto che non lo stavo più ascoltando. Ero già dentro all'esperienza delle congetture. Quando non puoi fare altrimenti che ammettere di essere obbligata a dare una spiegazione. Non avrei potuto più rinviare questa mia incombenza. Non sarebbe stato giusto. Specialmente per me. Avrei avuto forse un po' di tempo per studiarmi la parte e le parole giuste da utilizzare. Ripassare a mente le frasi più adatte a cercare comprensione e un altro motivo di complicità, come quella che aveva costruito un rapporto a distanza per anni, in attesa di conferme in quei pochi mesi d'estate quando fingere era un obbligo morale. Decisi di dedicarmi a questi pensieri fuori di casa. Sapevo che questa mia scelta avrebbe condizionato anche le mosse del mio *zito*. Si inventò una scusa per non restare lì, temendo di riprendere un discorso mai iniziato con l'ospite di casa. Prendemmo strade diverse non appena appoggiammo il piede sul marciapiede sotto casa. Un gesto opportunistico per tutti e due. Non avremmo perso l'occasione per giustificarlo.

21

Furono conferme del mutare di quelle situazioni che nascondevano false certezze, in un arco di tempo troppo
breve. Fui costretto a riconoscerle una raffinata capacità
a custodire la sua vita privata durante quelle sue fughe
estive in Sicilia nelle quali interpretai, solo in quel momento, di avere recitato la parte del complice. Si può essere un ottimo figurante senza neanche accorgersi di es-
serlo. Scoprire la realtà che si contrappone alla finzione,
lascia sempre quel sapore di delusione mista ad un'in-
giustificabile sorpresa. È prendere coscienza di essere
già fuori dalla vita degli altri, forse senza esserci mai entrati. Fu questa l'emozione che affrontai al mio risveglio.
Sentii le voci che provenivano dall'altra stanza. Fonemi
meneghini che non mi impedirono di comprendere
quella intimità costruita negli anni che mi ero illuso di
scalfire. Sarei potuto uscire da quel mio comodo rifugio
e cancellare con un'altra ottima interpretazione la parte
dell'amico compiaciuto di una gita fuori stagione. Rag-
giungerli ed improvvisare domande da turista, luoghi da
visitare, tradizioni da confrontare. Sarebbe stato facile.
Un dovuto intercedere di frasi fatte e proposte di distra-

zione da condividere, come un'allegra occasione per sentirsi straniero in mezzo a milioni di sconosciuti. Ma ci vuole il coraggio, ferroviere. Quello che ha risvegliato i ricordi e la tua stizza di un'opportunità mancata, come se sia indispensabile e doveroso crearsi un momento di riscatto che nessuno ha mai preteso. Rimasi invece oltre quella porta, dietro la quale continuai a spiare una storia che sentii sempre più lontana. Il coraggio non si compra al supermercato. Mi era sempre sembrata una battuta da scambiarsi nelle piazze, la sera, con gli amici di infanzia. Quella volta fu la prova di una sconfitta. Ripresi il libro, rimasto abbandonato sul letto, e provai a ricollegarmi alla fantasia dell'infanzia, in quel momento più vera del motivo di rimanere ancora lì, confidando in un diverso risveglio. Mi affacciai alla finestra che dava sulla strada. Cominciai a curiosare le persone impegnate a vivere qualche metro sotto la mia postazione d'osservazione. Visti dall'alto gli esseri umani sembrano tutti uguali. Manca la distinzione degli sguardi. Il modo in cui incrociano quello degli altri, cercando di capire oltre le parole. Da una finestra al terzo piano puoi permetterti il lusso di costruirci addosso i personaggi che la tua fantasia riesce a modellare, senza condizionamenti particolari che i lineamenti di un viso o, ancora di più, il tono di una voce possa inibire. Perché in fondo si preferisce glissare il disagio di essere sé stessi davanti ad un modo diverso di osservare quanto ci accade intorno. Ogni tanto mi allontanavo dalla finestra per carpire qualche rumore vitale dietro la porta, ma da un po' di tempo un silenzio imbarazzante mi riconsegnava solitudine. Ripresi la mia osservazione irriverente al mondo sconosciuto della strada, ma non per molto tempo ancora. Piegai la maniglia e percorsi il corridoio fino alla cucina.

"Vuoi farmi credere che tu non avessi mai sospettato quella parte della sua vita a Milano?" – sembra più una domanda che nasconde un alibi, questa che il ferroviere mi rivolge dai suoi occhi socchiusi, quasi distaccati dal mio racconto.

"Possibile che tu non abbia dato per scontato che, quei pochi mesi estivi, non potessero rappresentare un legame che assumesse valore di promessa, se non di speranza?" – continua con queste domande che contengono già le risposte.

Vuole sentirle da me, però. Sembra voglia sondare fino a che punto mi sia aperto ad una completa confessione su questo passato non più così segreto. Non ha importanza quali siano le conclusioni che la razionalità annida nella mente. Certe esperienze deve viverle come se fossero elitarie, uniche, irreali, per le quali puoi osare a rivendicarne un'esclusività. Solo così si trasformano in emozioni. Costruisco questa risposta, sapendo che rientri tra le aspettative di questo ferroviere. Rimane ad inscenare un falso disinteresse con la testa ancora appoggiata al muro della sala. È questione di tempo, poi mi consegnerà nuovi elementi sui quali meditare le prossime mosse. Non tarda a farlo. Ancora una volta mi toglie dall'impiccio di dovermi giustificare delle mie sufficienze. Un sostegno verbale che è riuscito in poche ore a scardinare una remora, da troppo tempo custodita in un angolo di mente che rischio di non riconoscere più.

"Si pensa troppo, più di quanto si è disposti a trasformare in gesti." – Eccola, la nuova sentenza.

Aspettata, forse scontata. Sicuramente ambita. Sento il bisogno che qualcuno mi graffi le vecchie ruggini di un insano egocentrismo, che mi ha alienato dal mondo per un tempo troppo lungo per poterne vivere una nostalgia.

"Sono solo perdite di tempo. Riflessioni, ponderazioni, supposizioni. Come se la vita potesse essere vissuta dentro un teorema matematico. Perdite di tempo. Nient'altro...".

Come diventa tutto più semplice se, rubandogli la citazione scolastica, si riducono i discorsi ai minimi termini. Liberarsi della fredda razionalità e agire d'impulso. Cos'altro chiedere a noi stessi? Cos'altro pretendere dalla situazioni che, inevitabilmente, accadranno in ogni caso? Comincio ad anticipare i suoi pensieri, quello che dirà. Quello che avrebbe intenzione di dire. Piano piano, attraverso i nostri discorsi interrotti, stiamo creando i presupposti per emancipare il pensiero come in tutta la nostra vita non siamo riusciti a fare. Il coraggio mancato. Tutto gira intorno a questa semplice parola. Il resto è un'accozzaglia di occasioni mancate che, col tempo, diventa rammarico da trascinarsi negli anni. In cucina non c'era nessuno. La casa era completamente vuota. Cercai la copia di una chiave, pensando di avere un'altra occasione per rientrare. Riprendo il racconto mentre, guardando fuori, ho la sensazione di una sopraggiunta quiete dopo una buona mezz'ora di cielo disteso al suolo. La stessa tranquillità con la quale abbandonai la casa e l'idea di cercare le chiavi. Qualcuno avrebbe aperto al mio ritorno. Mi ritrovai così, immerso dentro un muro di umidità che mi impedì di sfiorare gli sguardi delle persone che incontrai. Per orientarmi, seguii i cartelli stradali dedicati alle auto. Non troppo di aiuto, ma sufficiente per provare a non perdersi tra i palazzi che mi sembrarono tutti uguali, ovattati da una leggera nebbia. Girai l'angolo e, quasi sbattendole contro, la ritrovai sul mio cammino, indirizzata in senso opposto. Sperai in un illusorio *tistavocercando*, quasi a non spegnere del tutto l'entusiasmo ridimensionato di quel viaggio. Prevedibile, come nelle migliori sceneggiature. "Ti stavo cercando, pensavo dormissi ancora". La sua prima frase lontana dalle circostanze, dopo i tanti mesi di distacco dalle nostre evasioni estive. Ho un colloquio di lavoro. Lo dissi quasi come una scusa, per evitare un altro disagio. Spiazzato dal suo *ti accompagno*, mi ritrovai seduto sulla fredda plastica di un altro metrò. Gli occhi a fissare i passeggeri seduti di fronte. In quel momento, qualsiasi contatto fortuito avrebbe preteso anche le parole. Nessuno dei due disposto a pronunciarle. Scendemmo a Sesto FS. Fu lei a seguirmi in quel caso. Avevo in mente l'itinerario, mostrando un'insolita sicurezza da viaggiatore abituale di quella tratta. Era soltanto la voglia di non soffermarsi troppo e creare un'occasione per parlare. In parte riuscita, stroncata da quello strano autobus a mantice che ci avrebbe condotto a destinazione. Due posti liberi. Occupati in un secondo. Ci scappò da ridere, pensando a un gesto che ci aveva provocato la stessa reazione tutte le volte che in estate prendevamo l'autobus che saliva a Taormina. Molto più freddo e poca gente ad osservare il nostro gioco bambino. Poi lei mi raccontò il buio delle giornate invernali che, dal vuoto della mia stanza nei mesi precedenti, avevo soltanto fantasticato. Rimasi zitto ad ascoltarla, provando ad allontanare i frammenti che mi facevano più male. Mi raccontò di un periodo di scuola. Di amicizie che si trasformano in confidenze sempre più intime. E poi le visite a casa. Occasionali e poi sempre più frequenti. Le frasi fatte degli adulti, che giudicano qualsiasi cosa come una ragazzata. I giorni che diventano settimane. Mesi, anni. Tutto si ripete come una parte da interpretare, perché è quello che si aspettano tutti, senza chiedere. Senza sospettare un diverso stato d'animo. Una stanchezza mentale che impedisce di pensare. Ci si abitua a tutto, come se fosse l'unico modo di vivere la propria vita. Senza alternative. Senza ripensamenti. Tutti uniti a costruirci una storia. Normale. La migliore che si possa desiderare. Tutti entusiasti. A parlare del nostro futuro, come un obiettivo da perseguire. Disarmandoci la volontà di decidere. Senza vedere. Senza ascoltare. Quei pianti ad occhi aperti, ad osservare l'oscurità di un soffitto, in attesa che ritorni il giorno da una tapparella semichiusa, per la troppa paura di pronunciare un basta. È il riassunto di uno stato d'animo, soffocato nel convenzionalismo familiare. Neanche dopo i primi schiaffi e le parole che lacerano l'orgoglio. Restare a subire una condanna che altri avevano scritto, da condividere e nascondere dietro un sorriso.

"Perché io, neanche adesso ne conosco la ragione, ho sempre restituito un'immagine d'allegria. Inscalfibile. Imprevedibile e, a volte, anche eccessiva". Pronunciò queste parole, provando ad incrociare i miei occhi. Ero già dentro la storia, senza alcuna possibilità di stracciare le ultime pagine. Un capitolo già scritto. Avevo scambiato il ruolo dell'autore con quello del lettore. Come molte volte aveva fatto anche lei su quella ghiaia illuminata dalle schegge di mare, che avevamo rubato nelle nostre estati. Il ferroviere si alza di scatto, disturbato in quel suo finto torpore dalla pioggia che ricomincia a cadere. Copiosa e insistente, sprigiona l'irriverenza del cielo con qualche bagliore, pausa di un tuono che zittisce il mio racconto. "Forse dovrei riprovare a chiamare" – non molto convinto in questa sua affermazione.

Rimango in stallo in dubbio se riprendere la mia storia o suggerirgli di approfondire quel contatto mancato con il resto del mondo che, sembra ormai da diverse ore, averci segregato in questa stazione. Decide da solo. Ricompone un numero e attende per qualche squillo che qualcuno, dall'altra parte, risponda alla sua chiamata. Stavolta neanche un gracchiare incomprensibile gli restituisce la speranza di una complicità di lavoro che, forse, auspica sia un legame di dovere racchiuso dentro la stessa divisa.

"Non credo possiamo rimanere a lungo qui, isolati, senza sapere cosa accade là fuori" – parla al plurale come se stesse vivendo il momento con un collega.

Io sono il collega improvvisato. Promosso sul campo. Sono dentro la storia. Stessa situazione che il mio racconto ha lasciato in sospeso. Vorrei riprenderlo per sfuggire quell'attimo di ansia che il ferroviere mi ha trasmesso con le sue giustificate preoccupazioni. Per un attimo, mi domando anch'io il perché di questa latitanza comunicativa, associata a nessuna visita rassicurante di altri colleghi che potrebbero smussare questa strana tensione.

"Dovremmo andare noi incontro agli eventi" – ancora al plurale. Faccio parte della sua squadra operativa. Unico elemento ma pur sempre qualcuno con cui condividere la preoccupazione.

"Attendiamo ancora un po'. Non ho particolare fretta di scoprire cosa ci sia oltre questo muro d'acqua che mi impedisce di vedere dall'altra parte del buio di quelle colline".

Me le indica con uno strano movimento della testa, senza neanche voltarsi a verificare che lo stia seguendo nella descrizione. Ormai dà per scontato certe mie reazioni. L'ignoranza unisce le menti, più di tanti discorsi che nell'ipocrisia lanciano slogan su popoli accomunati in un unico destino.

22

Tre lettere incise sulla parete...

Basta lasciare che le cose accadano da sole. Sembra una citazione che non si riesce neanche attribuire senza il rischio di sbagliare. Si collocava con precisione in quello che stavamo per vivere. Svoltare un angolo di strada percorso migliaia di volte con la mente a partorire emozioni che dovrebbero schiarire i cattivi pensieri. Svoltare concentrandosi sull'unica persona con la quale si vorrebbe parlare in quel momento. Chiedere scusa come un dovere rinviato per troppo tempo. Svoltare e trovarsi davanti alla propria coscienza, illudendosi per un momento che tutto questo non sia solo un caso fortuito. Ci ritrovammo ad occupare due posti d'autobus. In pochissimi secondi si ricompose il nostro quadro estivo segreto. Una risata spontanea giocando come ai vecchi tempi. Io in posizione remissiva, come spesso facevo in Sicilia affidandomi alla sua guida e alle sue scelte itinerarie dove scambiarci le eccitazioni. Mi stava confidando l'alibi del suo viaggio a Milano, quando decisi di aprire il cassetto dei miei incubi notturni. Restò a guardare davanti a sé scrutando il vuoto attraverso il finestrino. Le parole uscivano a valanga. Nessuna sua interruzione. Nessuna domanda. Solo un rispettoso silenzio e la voglia di ascoltare. Credo che enfatizzai il mio ruolo di vittima. So che lo feci perché rimane sempre il sospetto che, per assurdo, ci si debba giustificare non si sa bene di cosa. Scavai nel mio recente passato con la stizza di chi prende coscienza di aver subito un furto esistenziale. Cercare un responsabile per giustificare le scelte. Forse una responsabile. Mia madre nel suo umano egoismo che mi aveva escluso dalla sua vita. Raccontai con la presunzione di essere dalla parte della ragione. Quella che non si chiede, dando per scontato che tutti ce la riconosceranno. Ricordavo lucidamente tanti particolari come a viverli in quel momento, su quell'autobus che non sapevo neanche dove mi avrebbe condotto, accanto ad un confessore che rispettava la mia rabbia fingendo una distrazione. Mi vedevo bambina, nei mesi dopo aver lasciato la Sicilia. Mi vedevo a cercare le parole che avrebbero dovuto aiutarmi a crescere e che nessuno si era mai sognato di pronunciare. Vestirsi di un personaggio per compiacere gli altri. Cambiarlo all'occorrenza, quando gli spettatori erano già stanchi delle eccessive repliche. Vedersi trasformare nel corpo e nelle nuove paure, da affrontare senza essere mai riuscita a dominare le precedenti. Non si può crescere da soli, senza una guida. Nessun bambino ci riuscirebbe. Non fu mai un problema mio, anche se arrivai a pensarlo per scagionare l'indulgenza nel subire quei condizionamenti. Glielo dissi forse alzando anche il tono della voce. Avrei fatto di tutto su quel cazzo di autobus per convincere me stessa che ero una vittima. Una stupida vittima senza spina dorsale. Incapace di qualsiasi reazione. Quella che stavo manifestando seduta su uno scivoloso sedile di plastica. Sarei stata disposta anche ad urlare tutto quello che l'arroganza e la violenza del mio *zito* erano in grado di ricacciarmi in gola tutti i giorni. Svuotata, fu il sentimento di liberazione che provai chiudendo il mio sfogo tralasciando gli inutili particolari. Avrei voluto essere con la schiena appoggiata sulla mia fedele ed umida ghiaia. Affidare la testa alla sua immatura sicurezza e riprovare a sognare una vita diversa. Aspettare nuove proposte di svago mentre la notte ci avrebbe trascinato in un altro gioco dove perderci. Dovuto. Legato a quell'età che trasforma ogni domanda in un'inutile perdita di tempo. Tesi la mano cercando un contatto. Poi attesi soltanto una navicella spaziale a propormi un'altra fuga.

23

L'autobus a mantice scivolava lentamente tra il traffico della periferia milanese. Avviai nuovamente il gioco della spia, guardando i passeggeri delle auto. Volevo distaccarmi, almeno per un po', dalla violenza delle sue confessioni, ma lei era già avviata ad un completo sfogo di memorie. Le aveva trattenute per troppo tempo, cancellandole nei mesi dei nostri incontri estivi. Per proteggere la prepotenza personale di casa mia. Quella che le avevo tante volte trasmesso con le parole, quando sdraiati sulla spiaggia umida della notte, alternavo vita vissuta con i sogni di invasioni aliene, di cui ti ho già parlato. Quanti discorsi framezzati di fantasie spaziali, dove andare a rifugiarsi lontano dai contatti che suscitavano sempre imbarazzo. Non scelti. Non cercati. Opprimenti e arroganti. Capaci di rubare l'adolescenza, senza l'obbligo di restituirla mai. Lei li assorbiva tra i suoi pensieri nascosti, al bivio tra la voglia di fermare il tempo e quella crescita coatta. Troppo in fretta. Subita. Indifendibile. La sua testa appoggiata alla mia, con gli occhi verso il cielo notte che non riusciva più neanche a restituirci le promesse. Pensai, mentre le sue parole continuavano a scalfire la mia distrazione, come si possa commettere lo stesso errore che rimproveriamo agli altri. L'indifferenza, il non capire, incapaci di intuire un sorriso di circostanza. Ostinato, eccessivo, così tanto da coprire la sensibilità che dovrebbe farci interpretare gli sguardi. Viviamo le nostre esistenze come se gli altri avessero l'obbligo di accorgersi di noi. Sottovalutiamo che possa essere la stessa aspettativa di quegli esseri viventi che incrociano involontariamente la nostra vita. Ci aggrappiamo alle frasi fatte. Quelle filosofie di vita che bloccano il pensiero per un brevissimo lasso di tempo. Troppo evasivo per riconoscergli la giusta importanza. Aveva voglia di parlare. Di sfogarsi, come si preferisce dire nelle canzoni. Ferroviere, l'avevo avuta accanto migliaia di ore di risate da custodire negli inverni. Le mani sfiorate, ferroviere. Quell'ingenuo egoismo dominato dal personale appagamento, che ci impedisce di toccare i pensieri di chi ci sta accanto, come se le nostre paure fossero esclusivamente un privilegio. Ferroviere, non avevo saputo leggere la sua richiesta d'aiuto. L'invito alla fuga che avevo dato per scontato fosse solo mia. Eravamo lì su quell'autobus bizzarro, ancora una volta a sfiorarci i destini. Provai lo sgomento di chi sa già che tornerà ad errare. Mi guardava con l'espressione di chi ha già perdonato. La mia sufficiente imperscrutabilità che, già allora, stentava a nascondere una chiusura di difesa. Hai ragione, ferroviere. Le tue accuse sono quelle che ho glissato negli anni. Aprirsi non è solo soddisfare il bisogno di raccontare. È ascoltare le paure degli altri. Restare lì, ferroviere. In rispettoso silenzio con l'umiltà di chi sa che non ha un mondo da sorreggere sulle proprie spalle. Ed invece, ferroviere, rinviamo sempre l'occasione giusta di un dialogo che metta a nudo un rapporto umano. L'avevo fatto con lei. Chissà con quanti altri. Contare gli anni che perdiamo nel soffermaci solo a contarli. Domande non poste. Risposte date per scontate. E ogni volta, alla fine di un incontro, si ritornava a casa con un nuovo rimorso da collezionare. Si, ferroviere. Io feci il tuo stesso errore soffocando nel rinvio la parola che giudicai superflua. Oggi me la ripeto come se fosse la chiave di salvezza. O di riscatto. Posso soltanto restare in attesa di un treno che forse non transiterà più. Perché io lo persi quel treno. Nella mente. Nei gesti spezzati. Nelle parole sfiorate. In quel coraggio, ucciso sul nascere, nel timore di osare. Osare e scacciare per sempre i dubbi del passato per quelli ancora più incerti del futuro. Nessuno ci aspetta. Perché noi stessi non attendiamo nessuno, credendo per troppi anni che potremo fare a meno di tutti quei particolari che si ripetono con meticolosa sequenza, cambiando nel tempo solo i personaggi che li vivranno. Non rendersene conto è solo accettare di non essere mai esistiti. L'errore più comune dell'essere umano. Quello che si cita per voce dei grandi personaggi della Storia. Adesso attraverso una tastiera di computer su un social network. Anni fa, inciso dentro le tue sale d'attesa, ferroviere.

Queste ultime parole lo costringono a voltarsi. Un breve istante. Poi il rumore del motore di un'auto ci costringe a riaprire gli occhi. È molto vicino. La ghiaia calpestata dai copertoni sembra ricollegarci con l'esterno. Incrociamo i pensieri nel dubbio, condiviso, che possa essere soltanto un miraggio sonoro creato dalla tempesta. Una speranza di contatto umano. C'è anche un timore che si risveglia all'improvviso. Le notizie di tragedia camminano in equilibrio sulle paure che lottano contro una falsa sicurezza. Un breve intervallo di rumori ovattati dalla pioggia ci stacca la concentrazione su voci che non riusciamo a comprendere. Non è più una sensazione. Non riusciamo neanche a dilazionare il pensiero che la porta si spalanca. Schizzi di pioggia nervosa quietano la visita inattesa. Rimango bloccato, tra le parole della mia compagna di sogni sul cigolio di un autobus e l'irruenza che ha sconvolto in un attimo la complicità di due assaggiatori di tè.

"Non c'è stata pietà questa notte. Se è mai esistita la fine del mondo, stavolta non potremo fare altro che attenderla" - è l'uomo che ha spalancato la porta a prendere la parola.

Sembra una frase costruita e ripassata che attendeva solo di essere pronunciata. Abbozza un'espressione facciale che sa di censore misto a delusione. Forse si aspetta una reazione di manifesta curiosità per quanto si sta apprestando a svelarci. Il ferroviere impiega qualche minuto, prima di voltarsi verso quel nuovo interlocutore. Ammette dentro di sé che il sopraggiungere di altri colleghi potesse essere l'epilogo più scontato da contrapporre a ore di silenzio. Non lo esterna con troppa enfasi questo disturbo, atteso ma adesso inopportuno. Ha inibito la voglia di svelare il mistero dietro quelle nubi ancora minacciose, che ha scrutato tra i nostri passaparola accantonati forse per sempre per un necessario ritorno al dovere. Fissa con falso sguardo interrogatorio, ma è palese che da questo nuovo ospite dovrà subire un resoconto verbale al quale, è già cosciente, non avrà modo di intercalare le sue dotte interruzioni. Sono in tre. Gli altri due assumono sin da subito un atteggiamento da sottoposto che, in un'artefatta umiliazione, consente di evitare disagi inutili di spiegazioni. Non occorre porre domande dirette. L'uomo che parla ha già il discorso pronto e le direttive che dovrà imporre, senza alcun timore che possa essere contraddetto.

"È venuta giù la montagna a qualche chilometro da qui. Non si hanno notizie precise ma sembra che i morti siano a decine".

Basta così poco, quelle parole di circostanza, per spegnere qualsiasi ricordo che, adesso, appare come uno stupido trastullo che ci ha consentito di fuggire una cruda realtà.

"Prendi il necessario che è d'uso per affrontare queste emergenze" - si rivolge diretto al ferroviere, come di chi mi ha già escluso da questa nuova storia, nella quale pensavo di essermi inserito.

"Vuoi unirti a noi come volontario?" - ho interpretato male le sue intenzioni e, così, in una veloce smentita, mi ritrovo dentro un ruolo che altri hanno deciso di assegnarmi.

172

"Ci vorranno molte braccia. Tante. Troppe non saranno mai abbastanza. Fatti dare il necessario e vieni con noi".

Non merita indugi la sua determinazione. Non avrei la forza di manifestare perplessità. In un momento, siamo assorbiti da vite sconosciute che, forse perse per sempre, chiedono rispetto. Risento il rumore ovattato dei copertoni che zittiscono qualsiasi tentativo di porre altre domande. Il capo, o colui che se ne è riconosciuto il ruolo, scruta i nostri volti attraverso lo specchietto. Evito di incrociarlo. Non ho mai sopportato con troppa parsimonia chi pesa le parole del comando. Non mi sembra una circostanza idonea per rivendicare gerarchie sociali, che l'arroganza prova a sostenere. Ci sarà tempo, forse, per provare a darci delle risposte. La strada si fa pesante. L'auto sembra a volte scivolare su quel manto di acqua che non riesce a defluire sui bordi sconnessi di questa via. In alcuni tratti la vedo rallentare. La sento frenata come se una forza misteriosa la risucchi lentamente in una voragine accogliente.

"È la melma" - il ferroviere riprende la parola, come a voler anticipare un'altra spiegazione non richiesta della nostra guida.

"Quella che ha sputato il cielo in queste ore" - ancora il coraggio, che emerge da una voglia di riscatto, prende il sopravvento su uno strano silenzio che invade l'abitacolo.

Il ferroviere mi guarda, assecondando un cenno spontaneo della testa che annuisce un mio timido tentativo di fargli capire di avere compreso il tono per niente remissivo della sua puntualizzazione. Neanche il capo osa rivendicare il comando preteso sin dal suo arrivo. Strani giochi sociali crea la paura. Quella che è lecito provare quando si percepisce la sopravvivenza davanti ad una tragedia. Per un momento, cerco di convincermi che l'altezzosità del superiore abbia stimolato in lui il protagonismo del suo annuncio. Siamo passati da un alienante vuoto di notizie a supposizioni di decine di morti. Mi ha sorpreso l'espressione forzata che ha utilizzato nel provocarci la preoccupazione. Forse è stato solo un atteggiamento da informato dei fatti, che ha l'obbligo di trasmettere e condividere parte di uno sgomento. Non mi sforzo oltremisura a partorire congetture inutili. Sono dentro un'altra storia. Anche stavolta, senza alcuna richiesta per entrarvi. Riprenderei il racconto, se il ferroviere mi esortasse a farlo. Rimane ad osservare un altro orizzonte attraverso il vetro dell'auto. Sento che abbia riflettuto su questa eventualità. Quanto meno, mi piace pensare che l'abbia fatto. Vorrei entrare nella mente dei miei compagni di viaggio. Cercare di intuire la comunanza delle disquisizioni mentali che non portano a niente. Solo un rinvio di quella che potrebbe essere una cruda realtà, non esaltante da esserne protagonisti. La morte ci riconosce sempre la parte migliore da interpretare. Davanti ad una platea di spettatori in cerca di solidarietà, o da osservatori impotenti, arresi in uno scontro impari nel quale si crede di uscirne sempre vincitori. Intanto, l'andamento dell'auto si fa sempre più impervio. Riconosco quelle strade che abbiamo criticato per la naturale sconnessione, frutto di scarsa e atavica manutenzione. Il fango trascinato dalla pioggia ha livellato il manto stradale, nascondendo le buche e le imperfezioni. Ripercorro a mente le occasioni precedenti che me le hanno fatte sentire familiari, quando un passaggio di vita canzonatorio occultava l'attenzione verso una pretesa di efficienza amministrativa, che da adulti ci fa provare l'ebbrezza della rivoluzione. Mai sopita, mai domata. Pronta a risvegliare il sangue adolescente della ribellione. Non sento odore di rivoluzione, mentre affondo gli stivali che il ferroviere mi ha consegnato alla stazione. Faccio qualche metro allontanandomi dall'auto, parcheggiata senza troppa curanza in mezzo alla strada. Ci sono persone che riesco a vedere solo di spalle, alcuni metri davanti ai miei passi. Come un esodo incerto, vanno verso una meta sconosciuta. Non troppo per illudersi di essere eroi. Sufficiente per seguire quella scia di solidarietà, che non sappiamo se saremo in grado di onorare. Mi accodo, senza voltarmi. La presenza dei miei compagni la distinguo dagli altri passi appesantiti che mi precedono. Per un momento, immagino le passerelle improvvisate sulle piazze veneziane. Ci sorridevo sempre per quella goliardica arte dell'arrangiarsi che i turisti esternavano d'istinto, quando l'acqua alta diventava solo un'attrattiva fuori programma. Adesso è tutto più realistico. Anche il rumore del fango che si scosta, sotto il peso dei corpi che si trascinano verso l'ignoto, non riesce ad assottigliare la linea di confine di un senso del dovere. Qualche ora fa l'ho rimproverato al ferroviere e adesso compete con il timore che assale, che si fa brivido, attaccandosi morbosamente alla vita che una fortuita coincidenza ci ha risparmiato. Basterà tutto questo per accantonare un altro po' l'attesa di un treno che ha dirottato un passaggio e la distratta monotonia di una comunità?

Pongo domande alla parte di me che è rimasta ancora cosciente, che scruta questo senso di abbandono e di sconfitta, mentre mi avvio con facce che non riconosco, o che preferisco non incrociare, in una direzione astratta che nessuno conosce e che, per una scelta accondiscendente, nessuno preferisce verificare. Stranamente, nonostante il fango sotto i piedi si fa, passo dopo passo, sempre più ostile, sento l'andatura accelerare come ad accodarsi a un moto perpetuo dal quale non riesco a sfuggire. Potrei mollare tutto. I passi che mi precedono, quelli che sento dietro le spalle e che non ho voglia di avvicinare. Tornerei alla stazione, volentieri. Mi riaccomoderei su una panchina esterna, annullando le ultime ore della mia vita. Sarebbe comodo e confortante, riaccomodarsi sul passato in attesa del mio fedele treno. Un'attesa inutile. Se mi fermo a pensarci, so che è una costruzione della mia mente. Che la realtà è tutt'altra. Poche decine di metri più avanti. Solo ad avere il coraggio di proseguire. Ancora il coraggio. L'unica spinta emotiva che riesce a mantenermi lì, scacciando qualsiasi tentazione d'evasione. Un'altra opportuna uscita di scena, che scaccia le responsabilità e un obbligo di appartenenza. Vorrei camminarti accanto, ferroviere. Darti il "la" per un'altra presuntuosa interruzione delle mie confessioni nostalgiche. Vorrei risedermi sul freddo sedile di quell'autobus, che ho lasciato in corsa verso un riscatto da cogliere al volo. Voltare lo sguardo verso quel futuro immaginato, che quella giovane donna aveva eretto con sabbia bagnata, rubata dagli arenili della mia infanzia. Gli stessi che, adesso, non riesco a distinguere, a calpestare, nascosti da una realtà che sa di distruzione e di rammarico. Vorrei sentire le tue parole, ferroviere. Quelle che hanno trasformato un'accusa in una consolazione superflua. La girerei a chi si è già estraniato dalla tragedia. A chi ha già consegnato un alibi alla cronaca, per una presunta innocenza, sporcata dall'indifferenza. Sento un sottofondo di colonna sonora in questo nostro cammino tentennante. Mi ci perderei, come in un tuffo di immagini che hanno bisogno di essere ricompattate. Un sottile filo spinato divide il nostro egoismo culturale con una banale stretta di mano, che unisce i pensieri, i sogni, i destini. Anche le notti. E le attese.

24

Proseguiamo senza troppa convinzione. Proseguiamo perché è l'unica cosa da fare, nonostante tutto. Ancora una volta, è solo prendere coscienza che le domande sono inutili, davanti alla speranza di contare i vivi, tralasciando i cattivi pensieri sulla conta dei morti che, un giorno, saranno solo statistica. Un altro passo ancora e poi è solo guerra. L'immagine della guerra che ognuno di noi ha. Strade scomparse, case sventrate e tanti, troppi oggetti che ricostruiscono le esistenze, annullate per sempre. Se potessi, vorrei ritrovarmi accanto a lei, le mani a sfiorarsi e poi a toccarsi, perché ci possa essere un altro confine da valicare che crei un rapporto umano, più vero e meno convenzionale. Quello che ricorderemo per sempre, anche all'interno di una sala ferroviaria ad incidere un nome che non abbiamo l'animo di ricordare per intero. In questi momenti torno ad interpretare una notte da bambino, quando una febbre troppo alta mi costringeva a rimanere a casa l'indomani. In quelle successive mattine, non si trovava la forza di dormire. Restavo con la testa appoggiata su un fianco del cuscino, come a cercare una consolazione di frescura che la febbre non

mi restituiva. I rumori del giorno sono diversi, inimma-
ginabili, forse anche più veri. Sono sinceri come quelli
spiati dalla finestra di Milano. Suoni ovattati che giungono dalla strada, quando la gente vive senza il timore di
essere giudicata. Mi aggrappavo a quelle mattine di
clandestinità, gli occhi semichiusi, i pensieri a vagare
per la stanza in cerca di un posto dove essere custoditi.
Sono attimi irripetibili perché cambia l'approccio verso
questi innocui dettagli che, crescendo, non riusciamo
più ad assaporare. Il venditore ambulante ad urlare la
merce che non comprendevo. La vicina di casa, la cui
voce saliva dalla tromba delle scale fino al pianerottolo,
mi consegnava frammenti di vita quotidiana, dentro la
quale ero una semplice comparsa in attesa di un ruolo
più responsabile e destabilizzante. Era appartenere a
quella cellula di umanità che condivideva, anche quando
non era richiesto. Penso a quelle mattinate, adesso che i
passi si fanno più incerti. Adesso che il profumo della
morte si mischia al tanfo del rimorso. Non occorre essere sotto accusa, quando una strage ci sbatte contro il
suolo della distrazione, quella che non ha ci fatto vedere,
che non ci ha fatto ascoltare. Che non ci ha fatto evitare.
Complici di un omicidio colposo che non trova assolu-
zioni. Neanche il tempo potrà mai nettare del tutto quella sensazione di debito etico verso il mondo che stacca le
coscienze dal corpo. È peggio di una condanna che merita di essere scontata. È rimanere in attesa di giudizio,
quello che noi stessi non saremo mai in grado di emettere. Proseguo cercando disperatamente i passi dei miei

compagni. Il ferroviere sembra scrutarmi come a condividere, almeno una volta, quel rimescolamento di moralità che si sta sporcando, passo dopo passo, di un fango che non riusciremo a scrollarci. Quante vittime di questa follia non rivedranno quei miei mattini che ho snobbato mentre me ne nutrivo. Passivo e disattento. Eccessivamente disattento. Adesso vorrei condividerli con quelle ombre che non riesco a ricordare. Quei volti nascosti dalla mia sufficenza, che so non sia solo mia. Mi volto intorno a cercarne le conferme, ma sono occhi spiritati e remissivi che si specchiano negli anni della mistificazione. Trascorsi ad inseguire un'idea di sogno, che la mente nel frattempo ha sotterrato nella rassegnazione.

Centinaia di mezzi rossi della Protezione ci sfiorano sulla strada, quest'idea di strada che il ricordo ci consente di ricomporre. Ognuno con una personale ricostruzione, scavata in un selciato fittizio. Il coraggio di renderlo reale, ferroviere. Voglio le tue parole a martellarmi i ricordi. Voglio che mi trascini in una giornata piovosa, dentro un autobus di solitudine, a regalare a questi seppelliti vivi un'altra opportunità di riscatto. Un altro, piccolo, stupido, banale giorno, sul quale provare a chiedere scusa al posto nostro.

Non ho il tempo per fuggire un'altra volta dentro quel mantice di consolazione. Si sprofonda tra una sorta di nebbia che ci avvolge. Si attacca ai lembi di epidermide che abbiamo lasciati scoperti ad attirare un sole che non riesco a vedere. La quiete dopo la tempesta. Tanto facile emettere una frase di circostanza, ripetuta nel tempo, come una sciarada che gioca con la nostra coscienza. Parole collaudate, da pronunciare nei momenti di disagio, quando neanche gli improvvisati esperti potranno svelarci un esempio di verità. Proseguo accanto a questi miei compagni, con la mente a seguire le strade che avrei imparato a memoria, in quella periferia lombarda dove, adesso, molto più che dentro quella sala di stazione, vorrei addormentare il passato. Stavolta per sempre. Il presente, quello che condivido con questi uomini del dovere, è qui a stringerci le remore di un succo di racemo che non riuscirà ad ubriacare i ricordi nel futuro. Certe storie hanno il potere di sotterrare i rimorsi, lasciandoci l'illusione di poter ricostruire i momenti tra i quali scegliere di rifugiarsi.

"Prepariamoci al peggio" – il caposquadra sente il bisogno di spezzare il silenzio e i nostri più segreti pensieri.

È davvero bizzarro lo scontato di certe affermazioni in queste situazioni che ci colgono sempre impreparati. Non si riesce a formulare una frase diversa da quella già detta e collaudata da chi ha già vissuto un momento simile. Le parole escono senza riflessione. Anche gli interlocutori si sorprenderebbero di un eventuale cambio di programma. Sono gesti meccanici, come i commenti che si riesce a fatica a trasmettere agli altri. Forse aiuta a non pensare. Perché non pensare aiuta ad estraniarsi dal giudizio.

"Dovevamo aspettarcela una tragedia di tale portata" – interviene il ferroviere ad incalzare la dose delle frasi fatte.

"Il clima sta impazzendo e lo stanno sottovalutando" – il ferroviere prova a dare una spiegazione innocentista su quanto ci toccherà vedere tra qualche passo.

Parla al plurale e rivolge l'accusa ad imputati impersonali. È importante, sin dall'inizio, trovare gli elementi che ci discolpano, come se non avessimo mai fatto parte di questa collettività che deve archiviare un'altra tragedia annunciata. Annunciata, come una frase d'effetto rubata da un servizio giornalistico. Voglio silenzio, ferroviere. Sono stanco delle parole inutili che il vento ci ricaccia in gola per rispetto di un'inutile stupidità. Voglio percorrere questa distanza che mi separa da una realtà che non riesco a rinnegare. Travestito da soccorritore, voglio grattare la terra a mani nude. Ovattare i rumori esterni e concentrarmi sugli spifferi di fievoli attaccamenti alla vita, che non abbiamo saputo proteggere. Il resto sono aborti della coscienza. Vedo all'orizzonte sagome indistinguibili che si mischiano ad un'immagine monocroma. Colori fluorescenti e mascherine alle bocche di uomini con le pale in mano. È già azione, quella che conta in tempi strettissimi per coltivare una speranza. Qualcuno è in ginocchio, con delicatezza rimuove mucchietti di terra inzuppata di malefica natura. Mi metto accanto ad un gruppo di ragazzi, che penso di riconoscere. Ho bisogno di riconoscerli, tra quel calore umano che la foga salvifica ha gelato in questa pioggia che ha unito la paura con la voglia di vivere. Ci sono case senza porta, sommerse di poltiglia grigia come a custodirle per sempre, in un emulo moderno che sembra voglia imitare una mitologia pompeiana. Non arrivano più ordini. Stavolta un silenzio di rispetto ha prevalso su inutili rumori lessicali che dovrebbero rendere tutto più normale.

Chiudo gli occhi, mentre le dita profanano questa terra violata dalla stoltezza. Non incrocio più lo sguardo dei miei compagni. Sono gesti immediati, improvvisati, anche disperati. Nessuna sa cosa ha voglia realmente di trovare sotto quei metri cubi di follia. Una vita, un'idea di vita. La nostra, quella di chi ha calpestato i nostri stessi passi. E poi, quella voglia di appartenenza all'umanità rinnegata, che ci intrappola in un destino comune, dove potremmo essere protagonisti e comprimari nello stesso momento. Dura un tempo indefinito, questa sequenza di gesti improvvisati, eseguiti come un delirio alla sopravvivenza. Come un impersonare un essere divino, capace per un inspiegabile motivo, di restituire un ennesimo respiro.

Il ferroviere si avvicina e si posiziona accanto a me. Si inginocchia per un contatto ravvicinato con la terra. La prende tra le mani e, per un curioso istinto da assecondare, l'avvicina al volto e l'odora. Si volta nella mia direzione e mi offre uno sguardo che ha rubato al tempo e che non riesce ad assemblare senza la paura di tralasciare qualche parte importante da non trascurare. Contrae un'espressione facciale che sembra aver interrotto un pensiero. Ma è troppo tardi per soffocarlo in un'improvvisa voglia di piangere. Lo fa senza più freni inibitori, come a volere dare a quella terra una nuova linfa da coltivare.

"Ho visto altre volte la montagna che si lascia andare per abbracciare il mare" – pronuncia queste parole alzando lo sguardo verso la collina.

È come vederla segata di netto da una forza misteriosa. Un monocroma di detriti che hanno tinto le case dello stesso colore. Le strade, i ponti, i viottoli che conducono al mare. La vita. Elementi del nostro quotidiano che ci sfuggono dalle attenzioni, dietro una forma di arroganza che ci fa credere di poterne disporre a piacimento e in qualsiasi momento. Faccio queste riflessioni in attesa che il ferroviere decida di finire il discorso. Ho già le mani increspate dall'umido di queste tombe di terra che sto provando a scoperchiare. Trovo un pezzo di plastica. È verde sotto quella coltre di argilla. Me lo rigiro tra le dita provando a riconsegnargli un'identità. Un mattoncino, pezzo separato per sempre da una costruzione infantile degli eventi. Come la mano che lo ha incastrato agli altri, pensando di poterlo fare e rifare centinaia di volte. Provo ad immaginare gli occhi di soddisfazione di chi ha trovato il pezzo giusto in un puzzle di creatività che, ho pagato sulla mia pelle, sotterriamo crescendo come se non ci spettasse rivendicare, né il tempo per mantenerci frammenti di poesia.

"La guardavamo la montagna quando eravamo piccoli".

Eccolo il ferroviere liberato dagli indugi e da questo ruolo artefatto del dovere. Eccolo a scavare la terra dei ricordi e ripropormi un nuovo scambio di nostalgie a buon mercato. Sono disposto, più di qualche ora fa, ad assorbire le sue dottrine. Vorrei per un momento che esternasse la prosopopea che ha recitato quando si è improvvisato cuoco, per esaltare un invito all'amicizia. Eccolo a darmi uno spunto per cercare nel passato le risposte del presente.

"Si, le guardavamo con l'immaginazione di un bambino. Era una sfida, come quella che ci portava a scalarle tra i sentieri, poco battuti allora. Ci andavo il pomeriggio, in fuga dai doveri scolastici. Col tempo, imparai a costruirmi le scorciatoie. Riconoscevo il fruscio dietro le macchie. Sentivo la lucertola annusare il sole. Ero un tutt'uno con quello sfondo che odorava di esperienza".

Rimango col dubbio, come ogni volta che l'ho sentito interrompermi, che sia un'altra dotta interpretazione dei ricordi. Romanzati al punto giusto ed arricchiti di sentimenti che, solo adesso, prova nel raccontarli. Proprio come una ricetta estemporanea che si descrive per la prima volta.

"La guardavo la montagna. Con l'ingenuo timore che un giorno sarebbe venuta giù, a ricambiarmi la visita. Ne avevo avuto anche paura. Un inverno. Uno dei tanti che archiviavamo attraversando i torrenti. Sempre secchi ed aridi, bruciati dal sole dell'estate. Gonfi di acqua donata con eccessiva generosità dal cielo, quando gli autunni mitigavano il torrido e la polvere sui nostri vestiti. Un pomeriggio vidi la montagna vomitare acqua che, lentamente, coprì i miei fedeli sentieri. Scivolava cercando spazio tra le indifferenziate della civiltà ed avanzava come una missione divina, a ricongiungersi col salmastro che il vento spingeva verso l'incontro. Ero lì nel mezzo di un crocicchio di natura, tra acqua dolce sporcata dal terreno e onde schiumose a chiudermi la strada. Cominciai a correre, mentre al gente sopra il ponte urlava la disperazione e la speranza di troncare un pianto di tragedia. Il piede si aggrappò alla sponda ancora asciutta, quando il fiume e il mare cominciarono a fare l'amore".

Sopravvivere ad un pericolo di morte rende consapevoli di quanto si potrebbe perdere. Ancora frasi fatte, consolatorie, necessarie per giustificare gli errori di un'appartenenza. Trovo un altro pezzo di plastica. Il colore è quasi indecifrabile. Ho la tentazione di ripulirlo con la saliva, come a restituirgli una forma e un'identità. Forse ne troverò altri, proseguendo con lo scavo. Tanti piccoli frammenti di una vita artefatta dalla plastica. Forse ricomporrò il mosaico, unirò i pezzi uno alla volta. Lo farò per banalizzare la morte. Intanto, non riesco più a contare le persone che mi stanno intorno. Mi ritengo fortunato a dividere il mio spazio con il ferroviere. Posso confidare in una continuazione di uno scambio di racconti. Come mi appaiono sospesi e vuoti adesso. La mente mi riporta là, però, su quei sedili pastello, accanto ad una mano che non ebbi coraggio a sufficienza di stringere. Altro coraggio rinviato ad un'occasione migliore. Altra plastica ad ovattare un istinto umano, soffocato da troppa riflessione. Inutile e dispersiva. Ero là, ferroviere. L'autobus bucava il pensiero, mentre ci conduceva in un altro caos cittadino, promosso a via di fuga. Non riuscivamo a scambiarci gli sguardi perché, quando si è destinatari di una confessione, si ha sempre la sensazione di essere sotto accusa. Riaffiorano le cose dette, spesso a metà, incomplete nella loro utile esternazione. Viviamo sempre a metà, ferroviere. A contatto con gli errori che non sappiamo correggere. Delegando ad altri le strade da seguire che, come se fosse davvero un diritto da rivendicare, ci potranno un giorno redimere e perdonare. Gli errori degli uomini li copre la terra, ferroviere. Come quella che stiamo scavando, senza conoscerne un vero perché. Scendemmo in una piazza circondata da portici. Un cavaliere di pietra, con tanto di cavallo, inneggiava ad un ricordo di un eroe di qualche altra guerra da ricordare nelle commemorazioni.

Il ferroviere si scrolla le mani. Ha bisogno di prendere fiato prima di immergersi nuovamente nei miei deliri. La terra sporca le mani, ma è l'anima il suo bersaglio. Non te ne accorgi fino a quando non ne vieni a contatto. In quei momenti ti sembra di ascoltare un sottofondo musicale. Qualche nota scomposta che addolcisca l'imbarazzo. Dovremmo farcela amica per tempo, prima di non riuscire più a riconoscerla. E a ritrovarcela nemica.

"Una storia, qualunque sia, non merita mai di rimanere incompiuta" – quell'ironica saggezza di questo ferroviere mi spiazza sempre, anche dopo ore vissute a contatto. "Dovrebbe servire a liberarci degli scrupoli delle scelte fatte che ci hanno condotto nel nostro oggi, ma sono propositi di circostanza che non sappiamo rispettare. Forse, neanche lo vogliamo"

Il solito dubbio mi assale. È un rimprovero o un'autocritica? Probabilmente c'è una doppia risposta, valida per entrambi. Comincia a non condizionarmi più il riscontro. Questi metri cubi di terra, che ospitano le mie ginocchia senza pudore, hanno il pregio di unire i pensieri sotto un unico destino del quale, si ha solo l'obbligo di condividere.

"Continui a fuggire senza rendertene conto" – mi mancava l'agognata sentenza. Puntuale, me la propone come ancora di salvezza.

"Non puoi vivere pensando di potere dare tutte le risposte alle esperienze che vivi. E pretendendo che siano pure giuste".

Potrei zittirmi per sempre, dopo un anatema di questa veridicità, ma non ho il tempo per vincere l'indugio se continuare il mio racconto, che il caposquadra ci ordina di spostarci.

"Hanno intercettato il punto finale della frana. Sembra che più a valle ci sia il maggior concentramento di vittime. È lì che, forse, potremmo trovare qualche sopravvissuto". – il caposquadra impiega un breve lasso di tempo per riprendersi il ruolo del comando. Un ordine perentorio, come si usa dire in questi casi. Non siamo in grado di contrastarlo. Io più degli altri, vista la mia assuefatta incompetenza nei soccorsi. Per la prima volta, da quando mi sono accodato a questo gruppo di specialisti, sento i limiti del mio intervento. Eseguo alla lettera qualsiasi indicazione mi viene rivolta, cercando di ponderare qualsiasi azione istintiva, la gravità del momento potesse suggerirmi di intraprendere. Tante volte mi sono chiesto chi sia il direttore di un'orchestra di movenze coordinate e in sintonia che ho visto nelle immagini di repertorio. Mi impressionò il servizio televisivo sull'esondazione dell'Arno a Firenze. Le migliaia di mani che si muovevano in sincronia attorno a quella sinergica corsa nel tempo. Salviamo il salvabile, ancora una volta. Scatterà qualcosa di innaturale e viscerale nel cervello di coloro che si offrono al soccorso. Una sorta di bisogno di sopravvivenza da condividere con gli altri. Essere umanità, forse per la prima volta. Quando il baratro ci offre l'appuntamento, che non potremmo glissare. Non in questa occasione. Ci rialziamo con la cautela di un archeologo che teme di avere lasciato incustodito un pezzo di Storia. Aspetto il primo passo degli altri compagni, prima di aggregarmi verso un'altra ignota missione. Ci muoviamo lenti verso un altro ignoto, che preferiremmo evitare. Sono nella storia, ancora una volta senza averlo richiesto. In compagnia, tra sgomento e la voglia di risvegliarsi al più presto da un incubo indesiderato.

"Siamo noi stessi gli artefici dei nostri incubi. A volte anche di quelli degli altri. Tragici e fatali, spesso evitabili, ma parti integranti della natura umana" – il ferroviere pronuncia queste parole, mentre ci avviamo sommessamente verso un nuovo capitolo di questa folle narrazione.

"Abbiamo visto lo scempio sulla collina, costruito negli anni a imbrunire il futuro di un'intera riviera" – prosegue con la sicurezza di chi sa che non potrà essere contraddetto.

"L'abbiamo vista sventrare la collina, anno dopo anno. Indifferenti al potere che manifesta la sua arroganza sulla vita delle persone. Soldi sporcati di sangue, ingabbiato nel cemento. Un tempo era la scena madre dei film di mafia, la vittima nascosta per sempre dentro un pilastro. Oggi non occorre neanche più questo. Fosse comuni nascondono le verità dietro un azzardo meteorologico e tappano le bocche ai complottisti".

Sa essere essenziale e duro, il ferroviere. Si è liberato del tutto di qualsiasi freno inibitorio. Tacere pur sapendo non è più di suo dominio. L'ipocrisia di regole da rispettare nello svolgimento del proprio compito, mentre i mesi si accumulano alle spalle di un dovere coatto che sembra inopportuno solo davanti alla tragedia. L'abbiamo vista tutti quella collina offesa e dilaniata dall'ambizione dell'arroganza. Scrupoli sotterrati e firme consenzienti a patteggiare una colpa. Non l'abbiamo sentita nostra, mentre lo stupro proseguiva senza ritegno, contro ogni semplice legge di natura che si è accumulata nei ricordi dei nostri antenati. Un nuovo scenario si offre al nostro sguardo. Non meno drammatico di quello che ci siamo lasciati da poco alle nostre spalle. Non c'è traccia della sede stradale, sulla quale ci accodavamo nelle giornate estive, mentre decodificavamo le targhe delle auto che ci precedevano. In quei momenti ci sentivamo cittadini del mondo, ci sarebbe bastato anche d'Italia, attraverso quelle sillabe che nascondevano città che, forse, non avremmo visto mai. Nessuna traccia. Solo una montagna indefinita di altro fango. La melma del nostro caposquadra che ha ridisegnato i contorni di un paese. Guardo il limite di conquista di questa poltiglia che ha invaso il presente di un'anonima collettività. I primi piani, in alcuni casi anche i secondi, sono nascosti dall'irruenza della Natura che, stoltamente, abbiamo incoraggiato a manifestare. Ci sono case, negozi, ricordi, frammenti di vita vissuta che proveremo a far riemergere. Riconosco un'insegna, penzoloni con una voglia disperata di rimanere aggrappata ad un ricordo. È imbrattata di terra, mostra ancora la scritta "macelleria" con il nome del proprietario. Quante volte sarà pronunciato durante le ricostruzioni giornalistiche che avremo modo di seguire sui giornali e sulle tv. Quante volte sarà urlato dai superstiti, in cerca di un perché ad una tragedia donata, come un segno di distinzione che avrebbero preferito non ricevere. Me lo ricordo quell'uomo. Un gesticolare eccessivo che utilizzava nell'eseguire la richiesta del cliente, che si offriva ai suoi pregi. Lo guardavo, ogni tanto vestendomi da acquirente, mentre esternava le conoscenze tramandate dalla famiglia. A volte cedevo il mio turno, fingendo un gesto di cortesia, per rimanere ancora qualche minuto a seguirlo nella sua recitazione. Parlava al cliente del momento, mentre con mani veloci sceglieva il pezzo dal quale sottrarre la richiesta. La migliore possibile, a sua detta. La soddisfazione dei clienti traspariva da un luccichio degli occhi, dietro il quale si illudevano sempre di avere l'esclusiva di un trattamento personale. La promessa mantenuta a tutta la clientela che quest'uomo non si sarebbe mai sognato di rifiutare a nessuno. Coi sacrifici, ripeteva questo concetto in ogni occasione, specialmente quando qualche battuta irriverente gli faceva notare la condizione agiata che aveva raggiunto. Coi sacrifici. La sua risposta necessaria, come a doversi sentire in obbligo a giustificare l'agiatezza conquistata. Anche la casa, il piano superiore alla macelleria, quell'appartamento che, iniziato molti anni prima, aveva coltivato come un premio a quel suo sacrificio. Sembra rimasto intatto, preservato dalla pietà dell'acqua che si è limitata ad invadere il basso sottostante fino a lambirne la soletta.

"La moglie sta aspettando che ritrovino i corpi. Quello del marito e quello del figlio". – Il ferroviere ha già attinto notizie più fresche che mi allontanano da quel sogno interrotto.

"Erano soltanto loro nella macelleria, padre e figlio, quando la montagna è scesa giù. Non sembra ci fossero clienti in quel momento, ma credo sia solo una speranza". Non troppi giri di parole, quelle che il ferroviere usa per allontanare qualsiasi tentazione di illusorio auspicio, che trasformi la tragedia in un miracolo. Sarà l'atteggiamento giusto da adottare, ma non riesco a farlo mio. Quel senso del dovere che, raramente, ha mostrato come arma di difesa per nascondere più veri sentimenti, lo aiuta adesso a svolgere il proprio lavoro senza troppi condizionamenti. Un medico che registra la morte come un incidente di percorso della sua carriera. Non saprò mai quale sia il giusto approccio da tenere davanti all'indifendibile. Non ho il tempo per trovare una risposta che il ferroviere mi indica un'altra casa sventrata. Non troppo distante dalla macelleria, sembra sia stata risparmiata dal fiume di fango, deviato da un ostacolo imprevisto lungo in suo folle cammino. È sommersa a metà. La porta quasi divelta, ma con una tenacia a resistere che ha impedito del tutto di essere spazzata via. I muri sgretolati dalla violenza del fango e da un passato burrascoso del suo ospite.

"Ci abita il pittore" – questo uso azzardato di parlare al presente mi prende in contropiede, ma il ferroviere ha già mostrato queste sue capacità di nascondere in parte quello che pensa.

"Potrebbe essersi salvato. Sta sempre fuori di casa" – ne parla con sicurezza, con il linguaggio di chi conosce i particolari di una storia di vita, ma che si guarderà bene dal pronunciarli nell'interezza.

"La casa è abbandonata da tempo. Lasciata all'usura in cambio di una moderna concezione architettonica di questi antichi paesi. Neanche questa sarebbe stata risparmiata da un probabile abbattimento, se i vecchi padroni avessero lasciato eredi a litigare sui muri da dividere. Qualcuno ha raccontato che gli unici parenti diretti fossero emigrati in Australia molti anni fa, ma qui non hanno mai fatto ritorno, neanche in estate, quando un "cesso" di posto al mare può sembrare l'Eldorado" – usa quest'espressione irriverente per indicare un luogo di villeggiatura, spesso solo improvvisata. Certi termini dialettali nascondono sempre un doppio significato. Sembra disprezzo, all'apparenza, e la trivialità del termine utilizzato non fa dedurre altro, ma c'è la solita rabbia repressa in quella parola sconcia. A volte è un'offesa rivolta diplomaticamente a chi ha trasformato in "cesso" i luoghi della propria infanzia.

"Sarebbe dovuta diventare un luogo storico da preservare. Un'antica abitazione in stile barocco, sopravvissuta nei decenni agli attacchi di architetti futuristici. Una di quelle abitazioni che costituivano gli argini di antiche strade di comunicazione lungo tutta la riviera. Due piani al massimo, con le finestre decorate ed i balconi quasi scolpiti nella pietra. Leggi antisismiche mai sottoscritte, che gli antichi applicavano senza bisogno di alcuna imposizione" – altra verità vomitata dall'amarezza di quest'uomo, mentre ci guardiamo intorno, indecisi se riprendere a scavare o a fuggire dalla realtà, ancora una volta.

"Il pittore l'ha occupata anni fa, come un gesto di riscatto, più per la gente che per la sua fama di senzatetto. Lo chiamano pittore, ma nessuno ne conosce veramente il nome. Gira per le strade, a piedi, con una valigetta macchiata di colori. Sceglie un posto, uno qualsiasi, almeno per gli altri. Poi compie la magia. Dalle sue rozze dita compone l'anima che abbiamo sotterrato qui".

Continua a parlarne al presente. Un ottimismo che nasconde un più profondo sentimento. L'arte è la rinascita di un popolo. Anche dopo una tragedia. Sento di assecondare il ferroviere nel riconoscere al pittore la custodia del passato che abbiamo rinnegato. Attraverso i suoi muri imbrattati d'umanità, mantiene viva la voglia di riconoscersi solidali verso un mondo sconosciuto e temuto, unica vera pietra sulla quale ricostruire. Non importa cosa. Non era in casa, non ieri sera durante l'alluvione. Non ne ho certezza, ma davanti allo sfacelo, affido a lui il compito di rendermi il momento un po' meno straziante.

25

Un polverone si solleva a qualche centinaio di metri davanti a noi. Riusciamo ad intravedere dei mezzi di lavoro che spostano i detriti accumulati dalle acque. Il motore delle escavatrici e un pellegrinaggio di camion che trasportano la terra altrove, rompe quel mistico silenzio intorno che ci ha consentito di scambiarci sensazioni emozionali, necessarie in queste circostanze. Gli orrori vanno risanati subito, senza perdite di tempo. La chiamano solidarietà ed efficienza, ma a volte sembra soltanto un cancellare le tracce indegne del proprio passaggio. Aspetteremo gli uomini della parola. Quella giusta. Competente e riconosciuta dall'esperienza. Portavoce di una verità assoluta, verrà qualcuno a descriverci gli errori, gli abusi, le inettitudini. Le sufficienze e le correzioni tralasciate agli eventi. Ci interromperanno mentre con le mani insanguinate e le unghia lacere di terra, staremo restituendo dignità a chi ha pagato con la vita per tutto questo. Telecamere nazionali e mondiali, a raccontare un'altra mezza verità di un paese sventrato dall'ipocrisia.

"Chiederò che si mettano in ginocchio. Non per un falso perdono. Li inviterò a sporcarsi le mani, prima di rivendicare il diritto ad una sentenza" – è ancora una volta più diretto, il ferroviere.

Non tarderanno ad arrivare questi uomini del sapere. Invaderanno il campo con le loro ingombranti interpretazioni. Qualcuno avrà scritto i discorsi, le frasi da centellinare, davanti agli occhi dei sopravvissuti che oseranno pretendere delle risposte. Uno sguardo ancora alla collina, mentre il sole si prende il suo giusto spazio da protagonista. Vedo strane costruzioni arrampicate su erti terreni, in balia di un bizzarro equilibrio, in contrapposizione a qualsiasi regola gravitazionale. I miracoli dell'uomo quando ha deciso di sodomizzare la terra. Strutture alberghiere, affacciate ad un mare lontano e difficile da raggiungere, tra stradine improvvisate, trazzere di antica memoria che si è creduto di ammodernare, cambiando il nome. Il mare, riflettendo quegli anomali raggi solari che si godono il gusto di ironizzare sulla drammaticità che si offre ai nostri occhi, ha tolto il disagio degli increduli turisti passati per caso, in cerca di nuove emozioni da congelare sui cellulari. Il mare si prende e restituisce tutto. Ho bisogno di questa scontata affermazione, rubata dai ricordi dei vecchi. Avrei voglia di usarla quando gli esperti ci elencheranno i nostri errori.

"Già me li immagino, questi detentori del sapere" – il ferroviere mi viene a sostegno, rispecchiandosi nelle mie parole.

"Già, con addosso le loro felpe distintive a mostrare la competenza a caratteri cubitali. Verranno qui a darci un'altra lezione di vita. Abusivismo. Sarà la parola più inflazionata ad ogni intervista rilasciata. Perché, qui al sud, noi siamo un popolo di abusivisti, votati ad una veloce ricchezza in cambio di sacrifici innocenti".

Non penso che la ricostruzione fantasiosa del ferroviere si discosterà molto dalla realtà. Abbiamo già visto queste scene, subite senza diritto di replica. Perché prima si ruba il futuro ad un popolo e, solo dopo, si mettono i cancelli di ferro. Un'ottima soluzione per mostrare all'esterno un interessamento ed una devozione verso coloro che, vivendo di ignoranza, ripetono gli stessi errori.

"Diranno che commettiamo sempre le stesse leggerezze. Che costruiamo dove non si potrebbe. Che ci piace vivere sul filo sottile del rischio catastrofico. Agendo senza considerare il futuro dei nostri figli che, un giorno inevitabilmente, scapperanno da qui in cerca di una società più civile" – il ferroviere è già nel personaggio. Non mi sento di interrompere questa sua arringa.

"Ma io ho visto altri stupri alla terra in altre latitudini. Case costruite sul mare, come fossero palafitte. Sfruttamenti turistici che avrebbero dovuto portare benessere. Li ho visti, negli anni del mio lavoro precario, tra una stazione e l'altra a cercare una certezza. E sono crollate, quelle stesse illusioni, come le costruzioni e le ambizioni. I fiumi, i mari e la forza della natura hanno coperto tutto. Anche le loro arroganze. Dove stanno le differenze, se non ne sappiamo raccogliere gli esempi? Ovunque viviamo, qualsiasi scelta facciamo, siamo tutti circondati da falsi censori e da detentori di verità assolute, non più valide per nessuno. Perché tutti hanno una soluzione per gli altri, ma hanno disperso da tempo la necessità di sentirsi un'unica umanità a fare i conti con le proprie scelte. Si, ovunque si viva".

Mi vengono in mente le occasioni perse, che ci siamo raccontati nelle ultime ore. Quei viaggi interrotti, in nome di una paura per una scelta affrettata. È vero, non trovo differenze di chi sfugge la realtà per inseguire un motivo più nobile, che forse non incontrerà mai. Dilazionare la vita. Un altro espediente per fingere di viverla. Non abbiamo tempo per renderci conto del precipitare degli eventi. Mentre il sole assorbe un po' di speranza dalle pareti delle case, asciugando gli spigoli delle mura che sbiadiscono in un grigio che fa pensare al momento della ricostruzione, auto d'ordinanza giungono da un orizzonte indecifrabile, tra la polvere che si solleva con più veemenza, calpestata dai pneumatici, e l'acqua che sembra voglia ritirarsi in doveroso rispetto. Dovremmo cedere il posto a dignitari più di noi. A coloro che hanno già le risposte scritte da consegnare alla cittadinanza. Il tempo farà dimenticare le nostre unghia spezzate e il nero che rimarrà inciso per sempre sui polpastrelli.

"Dovremmo uscire di scena, con la stessa anonimità con la quale siamo entrati" – il ferroviere rafforza il concetto, provando a dargli un aspetto istituzionale.

"Non sarà difficile fingere di non esserci mai stati. La gente dimentica in fretta. In modo particolare, il bene ricevuto. È una frase fatta, anche questa, ma i rapporti umani sono poggiati su parole scontate che qualcuno ha sempre il compito di smentire. Anche davanti alle evidenze".

Come un palcoscenico in penombra, che lascia spazio alla dissolvenza di un disagio, l'occasione ci è offerta da il rombare di un elicottero che giunge dal mare. L'ufficialità del momento non merita altre distrazioni. La situazione sarà gestita dalla fredda competenza di chi è pagato per rivestire questo ruolo. Il fango si staccherà dalle divise improvvisate che ci hanno travestito da uomini del soccorso. Ripuliremo le mani, più di quanto spetterebbe a coloro che adesso occupano la scena. Ascolteremo dibattiti, servizi specialistici, tutto quanto l'informazione moderna riesce ad offrire ad un pubblico distratto. Ci saranno anche i processi. Non solo alle intenzioni. Dossier accatastati ad offrire ai posteri una parvenza di giustizia. Non importa se applicata. Qualcuno sparirà giusto il tempo per ricostruirsi un'identità all'interno di un contesto di personaggi che saranno scritti sui libri di scuola. Il resto sono solo comparse di una giornata da dimenticare al più presto. Responsabilità che neanche le coscienze sapranno riconoscere del tutto, tra divagazioni di circostanza e il bisogno di non deviare le conclusioni. Già scritte, già elaborate. Fino alla prossima occasione.

Forse non ci saremo, ferroviere. Mancheremo l'appuntamento per un nuovo scambio di ricordi. Sempre più arrovellati ed ingestibili, masticati tra rimorsi e falsa espe-

rienza accumulata nelle delusioni. Penso a quegli ingenui sogni ad occhi aperti, ferroviere. Quante frasi più
vere avremmo avuto occasione di ascoltare, se avessimo
avuto la voglia di rimanere in silenzio. E penso a quella
partenza delegata a una stazione, dove mi soffermai a
guardare un orologio fermo da troppi anni, in attesa di
un treno che giustificasse tanti inutili indugi. Ma la realtà sotterra le riflessioni, ferroviere. Non ci lascia il tempo di giocare con i ricordi, sperando di trovarne sempre
dei buoni motivi per tramandarli alle generazioni future.

Ci allontaniamo dalla tragedia. Percorriamo la strada
che ci riporta alla stazione evitando altre parole. L'edifi-
cio sembra aver custodito le nostre storie interrotte.
Qualche ora per sentirsi posseduti da un destino comune. Entriamo nella nostra sala d'attesa. La penombra che
la nasconde da un sole ormai invadente, la rende più accogliente. In sintonia gli sguardi si rivolgono alla parete
violata. Rimango immobile mentre la scia del ferroviere
mi passa accanto. Rovista tra le tasche ed estrae un og-
getto metallico.

"Eri rimasto nella piazza di quella città del nord ad inseguire il tuo sogno. E poi?" – il ferroviere ha voglia di scrivere la parola fine alla mia storia.

Sono sceso da quell'autobus, ferroviere. Rimasi fermo
per qualche attimo, mentre quel mantice mi passò davanti. Rimasi solo, senza più un sogno da custodire.

"Un'altra tazza di tè, signor sindaco?" – mi chiede con
falso rispetto.

Mi volto verso la parete. A guardare per l'ultima volta quel nome...

Nota di edizione

Questo libro

Il 1° ottobre 2009 un violentissimo nubifragio colpì la zona jonica del messinese, in Sicilia.

Una pioggia torrenziale si abbatté sui paesi affacciati sul Mar Jonio incessantemente per tutta la notte fino al mattino seguente. Straripamenti di torrenti e frane di fango e detriti invasero le case, distruggendole. Molti i centri colpiti dalla tragedia. Si contarono 37 morti, di cui alcuni dispersi. Furono avviate delle inchieste, i processi non trovarono alcun colpevole tra i 15 imputati, quali responsabili dell'incuria del territorio e, quindi, del disastro.

Questo libro si pone l'obiettivo di ricordare quelle 37 vittime, ricostruendo le ore tragiche di quella notte, in forma romanzata. Per non dimenticare.

L'autore

Piero Buscemi è nato a Torino nel 1965. Redattore del periodico on-line www.girodivite.it, ha pubblicato : "Passato, presente e futuro" (1998), "Ossidiana" (2001, 2013), "Apologia di pensiero" (2001), "Querelle" (2004; nel 2021 in edizione ZeroBook, nel 2022 in edizione inglese), *L'isola dei cani* (2008, ZeroBook 2016), "Cucunci" (2011), "Le ombre del mare" (2017, edito da Bibliotheka), *Enne* (ZeroBook 2020). Ha curato l'antologia di poesie *Accanto ad un bicchiere di vino* (ZeroBook 2016); e le antologie di articoli di vari autori pubblicati su Girodivite: *Parole rubate* (2017), *Celluloide* (2017). Per il volume di poesie *Iridea* di Alice Morino (Zero-Book, 2019) ha contribuito con una scelta di suggestioni fotografiche. Vincitore di diversi premi letterari, alcuni suoi racconti e poesie sono contenuti in alcune antologie nazionali. Il romanzo "Querelle" è stato tradotto in inglese e pubblicato dalla Pulpbits Press (Stati Uniti). Nel 2022 pubblica la raccolta di articoli dedicati al tennis *Di dritto e di rovescio : L'importanza del raccattapalle ed altre storie* (ZeroBook). È tra i fondatori dell'Associazione culturale "Aromi Letterari" di Messina. Sostenitore Emergency, collabora con l'Avis (donatori sangue) ed è promotore delle iniziative di ActionAid Italia.

Le edizioni ZeroBook

Le edizioni ZeroBook nascono nel 2003 a fianco delle attività di www.girodivite.it. Il claim è: "un'altra editoria è possibile". Zero-Book è una piccola casa editrice attiva soprattutto (ma non solo) nel campo dell'editoriale digitale e nella libera circolazione dei saperi e delle conoscenze.

Quanti sono interessati, possono contattarci via email: zerobook@girodivite.it

O visitare le pagine su: https://www.girodivite.it/-ZeroBook-.html

Ultimi volumi:

Dalla parte del torto / di Adriano Todaro

Come il volo irregolare di un aquilone / di Ignazio Vanadia

Giovanna / di Ferdinando Leonzio

Mafie e dintorni : Il fenomeno delle mafie e i loro rapporti con lo Stato e la società civile / Franco Plataroti

L'Italia a fumetti / di Ferdinando Leonzio

Qualche parola (2015-2022) / di Luigi Boggio

Sonetti / di William Shakespeare ; tradotti in siciliano da Prospero Trigona

Edifici di città: Roma 2020-2021 / Pierluigi Moretti

Perduti luoghi ritrovati : Poggioreale Antica / di Roberta Giuffrida

Delitto a Nova Milanese : venticinque righe nelle "brevi" / Adriano Todaro

Abbiamo una Costituzione : Ideologie, partiti e coscienza democratica costituzionale / Gaetano Sgalambro

Emma Swan e l'eredità di Adele Filò / di Simona Urso

Otello Marilli / di Ferdinando Leonzio

Autobianchi : vita e morte di una fabbrica / di Adriano Todaro ; prefazione di Diego Novelli

Sei parole sui fumetti / di Ferdinando Leonzio

Sotto perlaceo cielo : mito e memoria nell'opera di Francesco Pennisi / di Luca Boggio

Accanto ad un bicchiere di vino : antologia della poesia da Li Po a Rino Gaetano / a cura di Piero Buscemi

Il cronoWeb / a cura di Sergio Failla

L'isola dei cani / di Piero Buscemi

Saggistica:

I Sessantotto di Sicilia / Pina La Villa, Sergio Failla (ISBN 978-88-6711-067-4)

Il Sessantotto dei giovani leoni / Sergio Failla (ISBN 978-88-6711-069-8)

Antenati: per una storia delle letterature europee: volume primo: dalle origini al Trecento / di Sandro Letta (ISBN 978-88-6711-101-5)

Antenati: per una storia delle letterature europee: volume secondo: dal Quattrocento all'Ottocento / di Sandro Letta (ISBN 978-88-6711-103-9)

Antenati: per una storia delle letterature europee: volume terzo: dal Novecento al Ventunesimo secolo / di Sandro Letta (ISBN 978-88-6711-105-3)

Il cronoWeb / a cura di Sergio Failla (ISBN 978-88-6711-097-1)

Il prima e il Mentre del Web / di Victor Kusak (ISBN 978-88-6711-098-8)

Col volto reclinato sulla sinistra / di Orazio Leotta (ISBN 978-88-6711-023-0)

Il torto del recensore / di Victor Kusak (ISBN 978-6711-051-3)

Elle come leggere / di Pina La Villa (ISBN 978-88-6711-029-2

Segnali di fumo / di Pina La Villa (ISBN 978-88-6711-035-3)

Musica rebelde / di Victor Kusak (ISBN 978-88-6711-025-4)

Il design negli anni Sessanta / di Barbara Failla

Maledetti toscani / di Sandro Letta (ISBN 978-88-6711-053-7)

Socrate al caffé / di Pina La Villa (ISBN 978-88-6711-027-8)

Le tre persone di Pier Vittorio Tondelli / di Alessandra L. Ximenes (ISBN 978-88-6711-047-6)

Del mondo come presenza / di Maria Carla Cunsolo (ISBN 978-88-6711-017-9)

Stanislavskij: il sistema della verità e della menzogna / di Barbara Failla (ISBN 978-88-6711-021-6)

Quando informazione è partecipazione? / di Lorenzo Misuraca (ISBN 978-88-6711-041-4)

L'isola che naviga: per una storia del web in Sicilia / di Sergio Failla

Lo snodo della rete / di Tano Rizza (ISBN 978-88-6711-033-9)

Comunicazioni sonore / di Tano Rizza (ISBN 978-88-6711-013-1)

Radio Alice, Bologna 1977 / di Lorenzo Misuraca (ISBN 978-88-6711-043-8)

L'intelligenza collettiva di Pierre Lévy / di Tano Rizza (ISBN 978-88-6711-031-5)

I ragazzi sono in giro / a cura di Sergio Failla (ISBN 978-88-6711-011-7)

Proverbi siciliani / a cura di Fabio Pulvirenti (ISBN 978-88-6711-015-5)

Parole rubate / redazione Girodivite-ZeroBook (ISBN 978-88-6711-109-1)

Accanto ad un bicchiere di vino : antologia della poesia da Li Po a Rino Gaetano / a cura di Piero Buscemi (ISBN 978-88-6711-107-7, 978-88-6711-108-4)

Neuroni in fuga / Adriano Todaro (ISBN 978-88-6711-111-4)

Celluloide : storie personaggi recensioni e curiosità cinematografiche / a cura di Piero Buscemi (ISBN 978-88-6711-123-7)

Sotto perlaceo cielo : mito e memoria nell'opera di Francesco Pennisi / di Luca Boggio (ISBN 978-88-6711-129-9)

Per una bibliografia sul Settantasette / Marta F. Di Stefano (ISBN 978-88-6711-131-2)

Iolanda Crimi : un libro, una storia, la Storia / di Pina La Villa (ISBN 978-88-6711-135-0)

Autobianchi : vita e morte di una fabbrica / di Adriano Todaro prefazione di Diego Novelli (ISBN 978-88-6711-141-1)

Dizionario politico-sociale di Nova Milanese : Passato e presente / Adriano Todaro (ISBN 978-88-6711-151-0)

Abbiamo una Costituzione : Ideologie, partiti e coscienza

democratica costituzionale / Gaetano Sgalambro (ebook ISBN 978-88-6711-163-3, book ISBN 978-88-6711-164-0)

La peste di Palermo del 1575 / di Giovanni Filippo Ingrassia (ebook ISBN 978-88-6711-173-2)

Permesso di soggiorno obbligato / redazione Girodivite (ebook ISBN 978-88-6711-181-7, book ISBN 978-88-6711-182-4)

Qualche parola (2015-2022) / di Luigi Boggio (ebook ISBN 978-88-6711-215-9, book ISBN 978-88-6711-216-6)

Di dritto e di rovescio : L'importanza del raccattapalle ed altre storie / di Piero Buscemi (ebook ISBN 978-88-6711-217-3, book ISBN 978-88-6711-218-0)

Mafie e dintorni : Il fenomeno delle mafie e i loro rapporti con lo Stato e la società civile / Franco Plataroti (ebook ISBN 978-88-6711-223-4, book ISBN 978-88-6711-224-1)

Narrativa:

L'isola dei cani / di Piero Buscemi (ISBN 978-88-6711-037-7)

L'anno delle tredici lune / di Sandro Letta (ISBN 978-88-6711-019-3)

Emma Swan e l'eredità di Adele Filò / di Simona Urso (ISBN 978-88-6711-153-4)

Delitto a Nova Milanese : venticinque righe nelle "brevi" / Adriano Todaro (ebook ISBN 978-88-6711-171-8, book ISBN 978-88-6711-172-5)

Enne / Piero Buscemi (ebook ISBN 978-88-6711-179-4, book ISBN 978-88-6711-180-0)

Orientale Sicula : Proebbido entrari ed altri racconti / di Alfio Moncada (ebook ISBN 978-88-6711-193-0, book ISBN 978-88-6711-194-7).

Querelle / di Piero Buscemi (ebook ISBN 978-88-6711-201-2, book ISBN 978-88-6711-202-9)

Uno sporco anello / di Adriano Todaro (ebook ISBN 978-88-6711-205-0, book ISBN 978-88-6711-206-7)

Come il volo irregolare di un aquilone / di Ignazio Vanadia (ebook ISBN 978-88-6711-225-8, book ISBN 978-88-6711-226-5)

Dalla parte del torto / di Adriano Todaro (ebook ISBN 978-88-6711-227-2, book ISBN 978-88-6711-228-9)

Poesia:

Il bambino è il mondo / di Emanuele Gentile (ISBN 978-88-6711-197-8)

Raccolta di pensieri / di Adele Fossati (ISBN 978-88-6711-190-9)

Iridea / poesie di Alice Molino, foto di Piero Buscemi (ISBN 978-88-6711-159-6)

Il libro dei piccoli rifiuti molesti / di Victor Kusak (ISBN 978-88-6711-063-6)

L'isola ed altre catastrofi (2000-2010) di Sandro Letta (ISBN 978-88-6711-059-9)

La mancanza dei frigoriferi (1996-1997) / di Sergio Failla (ISBN 978-88-6711-057-5)

Stanze d'uomini e sole (1986-1996) / di Sergio Failla (ISBN 978-88-6711-039-1)

Fragma (1978-1983) / di Sergio Failla (ISBN 978-88-6711-093-3)

Raccolta differenziata n°5 : poesie 2016-2018 / di Victor Kusak (ISBN 978-88-6711-149-7)

Sonetti / di William Shakespeare ; tradotti in siciliano da Prospero Trigona (ISBN 978-88-6711-203)

Parole in versi / Adele Fossati (ISBN 978-88-6711-212)

Libri fotografici:

I ragni di Praha / di Sergio Failla (ISBN 978-88-6711-049-0)

Transiti / di Victor Kusak (ISBN 978-88-6711-055-1)

Ventimetri / di Victor Kusak (ISBN 978-88-6711-095-7)

Visioni d'Europa / di Benjamin Mino, 3 volumi (ISBN 978-88-6711-143_8)

Cortale, borgo di Calabria / Pasquale Riga (ISBN 978-88-6711-175-6)

Perduti luoghi ritrovati : Poggioreale Antica / di Roberta Giuffrida (ISBN 978-88-6711-191-6)

Edifici di città : Roma 2020-2021 / Pierluigi Moretti (ISBN 978-88-6711-199-2)

Opere di Ferdinando Leonzio:

Una storia socialista : Lentini 1956-2000 / di Ferdinando Leonzio (ISBN 978-88-6711-125-1)

Lentini 1892-1956 : Vicende politiche / di Ferdinando Leonzio (ISBN 978-88-6711-138-1)

Segretari e leader del socialismo italiano / di Ferdinando Leonzio (ISBN 978-88-6711-113-8)

Breve storia della socialdemocrazia slovacca / di Ferdinando Leonzio (ISBN 978-88-6711-115-2)

Donne del socialismo / di Ferdinando Leonzio (ISBN 978-88-6711-117-6)

La diaspora del socialismo italiano / di Ferdinando Leonzio (ISBN 978-88-6711-119-0)

Cento gocce di vita / di Ferdinando Leonzio (ISBN 978-88-6711-121-3)

La diaspora del comunismo italiano / di Ferdinando Leonzio (ISBN 978-88-6711-127-5)

Sei parole sui fumetti / di Ferdinando Leonzio (ISBN 978-88-6711-139-8)

Otello Marilli / di Ferdinando Leonzio (ISBN 978-88-6711-155-8)

La diaspora democristiana / di Ferdinando Leonzio (ISBN 978-88-6711-157-2)

Lentini nell'Italia repubblicana / di Ferdinando Leonzio (ebook ISBN 978-88-6711-161-9, book ISBN 978-88-6711-162-6)

Delfo Castro, il socialdemocratico / Ferdinando Leonzio (ebook ISBN 978-88-6711-169-5, book ISBN 978-88-6711-170-1)

La socialdemocrazia italiana fra scissioni e confluenze (1947-1998) / Ferdinando Leonzio (ebook ISBN 978-88-6711-177-0, book ISBN 978-88-6711-178-7)

Momenti di socialismo / di Ferdinando Leonzio (ebook ISBN 978-88-6711-207-4, book ISBN 978-88-6711-208-1)

L'Italia a fumetti / di Ferdinando Leonzio (ebook ISBN 978-88-6711-221-0, book ISBN 978-88-6711-222-7)

Giovanna : anarchico è il pensiero... / Ferdinando Leonzio (ebook ISBN 978-88-6711-229-6, book ISBN 978-88-6711-230-2)

Parole rubate:

Scritti per Gianni Giuffrida: La nuova gestione unitaria dell'attività ispettiva: L'Ispettorato Nazionale del Lavoro / di Cristina Giuffrida (ISBN 978-88-6711-133-6)

WikiBooks:

La Carta del Carnaro 1920-2020 (ISBN 978-88-6711-183-1)

Webology : le "cose" del Web / a cura di Sergio Failla (ISBN 978-88-6711-185-5)

English books or bilingual:

Perduti luoghi ritrovati : Poggioreale Antica / di Roberta Giuffrida (ISBN 978-88-6711-196-6)

Visioni d'Europa - Europe's visions / di Benjamin Mino, 3 volumi (ISBN 978-88-6711-143_8)

Sonetti / di William Shakespeare ; tradotti in siciliano da Prospero Trigona (ISBN 978-88-6711-203)

Querelle / Piero Buscemi ; preface by Vincenzo Tripodo (ISBN 978-88-6711-209-8, press ISBN 978-88-6711-210-4)

Cataloghi:

ZeroBook: catalogo dei libri e delle idee 2012-...

Catalogo ZeroBook 2007

Catalogo ZeroBook 2006

Riviste e periodici:

Post/teca, antologia del meglio e del peggio del web italiano

ISSN 2282-2437

https://www.girodivite.it/-Post-teca-.html

Girodivite, segnali dalle città invisibili

ISSN 1970-7061

https://www.girodivite.it

il Notar Jacopo : rivista della Bibliotheca

https://https://www.girodivite.it/La-Biblioteca-di-OpenHouse.-
html

ZeroBook catalogo delle idee e dei libri

bimestrale

https://www.girodivite.it/-ZeroBook-free-catalogo-puoi-.html

www.ingramcontent.com/pod-product-compliance
Lightning Source LLC
Chambersburg PA
CBHW060359030726
47497CB00003B/778